Maleks Umkehr

Ein Mensch findet zu Jesus

Der Sand soll blühen. Das ist Gottes Verheißung über allen Wüsten deines Lebens.

Jesaja 35, 1

Die Geschichte von Malek ist die Romanfassung vieler Essays und Kurzgeschichten der Homepage gottespoet.jimdosite.com und hangelt sich allegorisch an den Botschaften der Bibel entlang.

Alle Bibelstellen des Neuen Testaments wurden aufgrund des besseren Verständnisses und um „Frommsprech" zu verhindern aus „das Buch", übersetzt von Roland Werner, erschienen im SCM R. Brockhaus Verlag, übernommen.

Copyright 2024 by Hans – Georg Wigge
Herstellung und Verlag: BoD – Books on Demand, Norderstedt
ISBN: 9783759761347

Malek schaute mit verschlafenen Augen auf seinen Wecker. Der hatte zwar nicht geklingelt, doch Malek erwachte immer um sechs Uhr. Eigentlich war der Wecker überflüssig und diente nur als Netz, welches ihn auffing, sollte er wirklich einmal verschlafen, denn auf seine innere Uhr, die sich seinem Arbeits- und Schlafrhythmus angepasst hatte, war unbedingt Verlass. Leise schlüpfte er aus dem Bett und verließ das Schlafzimmer auf Zehenspitzen, um seine Frau nicht zu wecken. Es war Heiligabend. Er hatte frei und wollte seine Familie mit einem ausgiebigen Frühstück verwöhnen, ehe das traditionelle Heiligabendritual mit Baumschmücken bei Weihnachtsmusik unter Hilfe seiner beiden größeren Kinder in Angriff genommen wurde. Sein dritter Ableger war mit sechs Monaten noch zu jung für derlei Tun und würde auch für den Besuch der Weihnachtsmesse am Nachmittag bei Maleks Mutter zwischengeparkt werden. Doch bevor er sich auf den Weg zur Bäckerei machte, die um sieben Uhr öffnete, brühte er sich noch eine Tasse Kaffee auf und ließ seine Gedanken ein wenig auf Wanderschaft gehen. Wieder einmal war es ihm gelungen, das Jahr als einer der drei besten Verkäufer seines Unternehmens abzuschließen. Das hatte ihm eine zusätzliche ansehnliche Weihnachtsgratifikation gebracht. Stolz blickte er auf die Weihnachtsdekoration, die auf der Anrichte ihre Aufgabe eindrucksvoll erfüllte. Kristallkugeln von Svarovsky, nicht irgendein Schund aus dem Billigmarkt. Unter dem Baum stand die sündhaft teure, handgefertigte Pop-Art Krippe vom angesagtesten Designer der Region. Tja, dachte er, Fleiß lohnt sich. Ein schuldenfreies Haus, die Luxuslimousine vor der Tür, eine Vorzeigefamilie, der er jeden Weihnachtswunsch erfüllen konnte, eine Spielekonsole und das neueste Handymodell von Samsung für seinen Sohn, ein Apple-IPad für die große Tochter, ein Bobby Car von Mercedes für den Jüngsten in weiser Voraussicht auf dessen wachsende Mobilität, diverse weitere Kleinigkeiten und nicht zuletzt ein Diamantring für seine Frau, der die Weihnachtsgratifikation gegen null reduzierte. Nicht jeder konnte sich das leisten, sinnierte Malek stolz vor sich hin. Draußen taumelten einige Schnee-flocken aus dem grauen Himmel und verstärkten die Emotionen, die ihn jedes Mal an Weihnachten auf das Neue übermannten. Jede einzelne Schneeflocke war anders strukturiert. Jede hatte somit ihren eigenen eiskalten Fingerabdruck. Die Natur begeisterte Malek immer wieder mit ihrer Genialität, warf aber auch bei ihm als einem intelligenten Menschen gelegentlich die Frage auf, wer hinter all dem steckte, denn ein Schuh flog ja auch nicht plötzlich von Atomen zusammengestellt in die Welt hinein, sondern jemand hatte ihn kreiert. Doch derartigen philosophischen Gedanken wollte er an diesem Morgen keinen Raum geben. Ihm stand heute der Sinn nach Leichtigkeit, gepaart mit kindlicher Weihnachtsromantik. Jetzt freute er sich auf das volle Heiligabendprogramm. Schnell warf er noch einen Blick auf den Börsenbericht in der Zeitung und bejubelte innerlich die Wertsteigerung der Aktienfonds, an denen er beteiligt war. Die Grußworte der Vertreter der beiden großen Kirchen auf Seite zwei zum bevorstehenden Weihnachtsfest erinnerten ihn kurz an die Zeit der Kindheit mit seiner im Gegensatz zum Vater sehr gläubigen Mutter. Die Realitäten des Lebens hatten diesen Kleinkinderglauben schnell verschüttet und er sagte sich, trotz der großen Leere die ihn manchmal überfiel, dass der Glaube an diese Märchen der Bibel wohl etwas für Menschen war, die ihr Leben sonst nicht gebacken bekamen. Gebacken war sein Stichwort. Jetzt aber nichts wie los zum Bäcker, ehe seine Lieben erwachten ... Der Tag verging danach wie im Flug. Malek drängte seine Frau und die Kinder zur Eile. Spätestens um 15.00 Uhr mussten sie vier Plätze in der Kirche für sich ergattert haben, denn um 16.00 Uhr begann das Weihnachts-konzert des hiesigen Spielmannszuges, welches gefühlvoll den Heiligen Abend einläutete. Da die Kirche brechend voll gewesen war, hatten sie im ersten Jahr fast drei Stunden gestanden und fast wäre ein Hauen und

Stechen beim Kampf um die begrenzten Plätze entstanden. Er erinnerte sich mit Schaudern an die vielen bösen Blicke. Malek, als vorausschauender Mensch, wollte durch frühes Erscheinen dem erneut zu erwartenden Chaos dieses Mal aus dem Weg gehen. Weihnachtskonzert und Weihnachtsmesse gehörten einfach traditionell zum Heiligabend dazu. Deswegen drängte er seine Familie zur Eile. Mit viel Glück erhaschten sie noch vier Plätze nebeneinander. Auch andere hatten aus den Jahren zuvor gelernt und waren früh gekommen. Nach dem Konzert gab sich Malek, ohne groß auf die Worte des Priesters zu achten, seinen Weihnachtsgefühlen hin. Mitten in eine stille Phase der Messe dröhnte ein lautes Knarren der Eingangstür durch die Kirche. Die Köpfe der Menschen drehten sich instinktiv in die Richtung des Geräusches. Langsam schwang die Tür auf. Herein trat ein in Lumpen gehüllter Mann. Seine Kleidung starrte vor Schmutz und war zerrissen. Malek erkannte an den ablehnenden Blicken, dass das ausgerechnet an Heiligabend an diesem Ort der vielen froh gestimmten Christen in Feiertagslaune niemand gebrauchen konnte. Zielstrebig steuerte der Landstreicher auf die Bank zu, in der Maleks Familie am Rand saß. Ihm stockte der Atem. Der Typ würde sich wohl nicht ausgerechnet neben ihn quetschen wollen? Genauso kam es. Da kaum noch Platz war, drängte der verwahrloste Mensch sich besonders nah an Malek heran, dem der neue Sitznachbar und dessen offensichtliche Armut sichtlich peinlich war, was er aber geschickt überspielte, denn alle Blicke waren auf dieses Schauspiel gerichtet. Malek war die Weihnachtsstimmung total verdorben, doch wohl oder übel bot sich keine Alternative an. Nach der Predigt bat der Pfarrer: Gebt einander ein Zeichen des Friedens und der Versöhnung. Die Gottesdienstbesucher reichten sich die Hände. Sein verdreckter Nachbar hielt ihm ebenfalls die Hand hin. Malek ekelte sich. Aber er wollte vor den anderen Kirchenbesuchern nicht mit Vorurteilen beladen erscheinen. Also ergriff er widerwillig die Hand und erfühlte beim

Händedruck etwas Schorfiges in der Handfläche des unerwünschten „Penners", wie Malek ihn insgeheim bereits abwertend betitelt hatte. Malek schaute auf die Hand des Nachbarn, als dieser sie zurückzog. Deutlich war auf dem Handrücken eine große Narbe zu erkennen. Er blickte auf die andere Hand. Auch dort befand sich eine Narbe. Dann schaute er zur Seite in das Gesicht des Platznachbarn. Der musterte ihn milde, lächelte und sagte mit liebevoller Stimme: „Friede sei mit dir! Wir sehen uns!" Da erfüllte Maleks Herz einen winzigen Augenblick ein tiefer, nie zuvor gekannter Frieden ... Er schreckte hoch. Das frühe Aufstehen hatte anscheinend seinen Tribut von ihm gefordert. Kurz war er eingenickt. Er schaute neben sich. Dort war niemand. Die eingefrorenen Feiertagsgesichter der anderen Gottesdienstbesucher und ihre gleichgültigen Mienen bestätigten ihm, dass alles nur eine Halluzination gewesen war. Gott sei Dank, dachte er in Gedanken an seinen Minialbtraum. Den vielen Besuchern, die nur einmal im Jahr in den Gottesdienst gingen, hätte ein solcher Zwischenfall wohl die wunderschöne Weihnachtsatmosphäre verdorben. Er lehnte sich freudig zurück und widmete sich gedanklich wieder angenehmeren Dingen. Gott sei Dank. Ein zwar sehr realistisch anmutender Traum, letztendlich aber nur ein Traum, fuhr es ihm noch einmal durch den Kopf. Erleichtert atmete er auf, lächelte still und schüttelte fast unmerklich den Kopf ob der Worte des Penners: „Wir sehen uns!" Eher nicht, ergänzte er innerlich hämisch ... Der Weihnachtsabend lief so, wie er es sich erhofft hatte. Üppiges Essen, tolle Geschenke, zufriedene Kindergesichter. Malek hatte ein Abenteuerwochenende „Off-Road" mit Gleichgesinnten geschenkt bekommen. Etwas für echte Männer, wie Malek sich selbst für einen hielt. Je später der Heiligabend wurde, umso mehr sprach er dem leckeren Rotwein zu, bis die 36 Kerzen des Weihnachtsbaumes ihm 72-mal leuchteten. Schnell wollte er noch einen Blick auf das weihnachtliche Abendprogramm der Festtage im TV werfen. Er wunderte sich, dass ausgerechnet an Weihnachten auf fast allen privaten Fernsehsendern überwiegend Horror- und Gewaltfilme liefen. Was geht es mich an, dachte er, die Einschaltquoten bestimmten die Programme, also bekamen die Menschen, was sie wollten. Er schleuderte die Zeitung auf den Tisch zurück. Dabei fiel ein Bettelbrief heraus, wie sie jedes Jahr vor Weihnachten in zweistelliger Höhe eintrudelten. To all Nations e. V., las er auf dem Umschlag. Wie alle anderen zuvor warf er ihn später ungeöffnet in die blaue Tonne, denn er wollte nicht in irgendeinem fernen Land einem wild gewordenen Diktator und seinem Familienclan die Orgien finanzieren. Des Weiteren musste er unauffällig einen Teil seines Gehaltes für seine derzeitige Favoritin des Herzens oder, wie Malek gedanklich ehrlicherweise zugab, des Körpers an die Seite legen, da blieb nicht viel für Spenden übrig. Man musste halt sehen, dass man erst einmal für sich selbst die Schäfchen ins Trockene bekam. Sein Blick wanderte durch das bedrückend leere Wohnzimmer. Die Große war von Freundinnen zur Christmas - Technoparty abgeholt worden, der Mittlere saß wie den Großteil der Woche bei Ballerspielen vor dem Computer, der Kleine schlief und seine Frau hatte nach einstündigem gegenseitigem Anschweigen wortlos das Zimmer verlassen, da nutzte auch der teuerste Diamantring nichts. Noch einmal zappte Malek durch die Programme. Bei einer Dokumentation im Spätprogramm blieb er hängen. „Friede auf Erden, ein Wunschtraum", lautete der Titel. In kurzen Sequenzen wurden bewusst kommentarlos Szenen der Kriegsschauplätze dieser Erde gezeigt. Vorsorglich hatte man vor der Ausstrahlung den Hinweis „ab 16 Jahren freigegeben" eingeblendet, um vor den teils heftigen Szenen zu warnen. Krieg in Israel, zerstörter Gazastreifen, zweiter äthiopischer Bürgerkrieg, Russisch-Ukrainischer Krieg, Drogenkrieg in Mexiko, Krieg im Sudan, Krieg im Jemen, bewaffnete Konflikte in Myanmar usw. Geschockt vom Gesehenen schaltete Malek den Fernseher nach Ende der Dokumentation aus und sinnierte über das gerade Gesehene nach. Was haben wir Menschen aus der Welt gemacht, aus den Materialien, die man für so viel Gutes hätte nutzen können, fuhren ihm ungewohnte Gedanken durch den Kopf. Aus zu Beginn der Jagd dienenden primitiven Geräten waren für Menschen totbringende Waffen entstanden, überwiegend aus Metall. Verfeinert mit vielen weiteren Werkstoffen. Hochintelligente Wissenschaftler hatten an ihrer Entwicklung gearbeitet. Pure Feinmechanik. Akribisch geplant, akribisch verarbeitet, höchste Qualität, verfeinert und immer mehr perfektioniert. Besonders Männer waren alle Zeiten fasziniert von ihnen. Der Besitz suggerierte Macht. Waffen funktionierten sofort und waren hochwirksam. Ob klitzeklein oder riesengroß. Jede Variation war mittlerweile davon erhältlich. Hunderte Milliarden Euro wurden damit umgesetzt. Der Inhalt war biologisch, chemisch, atomar und vieles mehr. Es gab Streuwaffen, Waffen zum verbuddeln, versenken, werfen, schießen, aber auch perfide als Kinderspielzeug getarnt. Selbst irgendwo in einem weit entfernten Land saß an diesem Weihnachtsabend ein Bediener vor seinem Computer, der durch eine ferngesteuerte Drohne mit seinem Joystick, wie in einem Ballerspiel, sein Ziel in einem anderen Land anvisieren und dort den Tod bringen konnte. Der perversen Fantasie waren keine Grenzen gesetzt. Auf nichts verwendete die moderne Menschheit mehr Forschung und Geldmittel, als auf Waffen, die ihresgleichen vernichtete. Man konnte einzelne damit töten, aber auch die ganze Erde damit auslöschen. Armselige Feiglinge hielten sie in der Hand und empfanden sich plötzlich als vermeintliche Helden. Sie brachten Tod, Zerstörung, Leid, Not, Behinderung, Elend, Verzweiflung. Man gab ihnen sogar Namen. Fat Man (Nagasaki) und Little Boy (Hiroshima) waren der nächste Schritt des selbstmörderischen Menschenwahnsinns gewesen. Malek seufzte. Wie meschugge war die Vergötterung dieser tödlichen Gegenstände bei Militärparaden in aller Welt, diesen Großdemonstrationen der Sinnentleerung, die zu Gedenktagen an Siege in Kriegen zigmal die Zeit der Nachrichtensendungen vergeudeten? Tausende indoktrinierte gleichgeschaltete Soldaten marschierten im Stechschritt hinter Massentötungsmaschinen her. Hunderttausende mit Fähnchen ausgestattete Marionetten jubelten Maschinen und Präsentierenden zu. Auf der Ehrentribüne, umgeben von willigen Vasallen, hielten sich ergriffene Machthaber, die ihr Studium des Egoismus, der Korruption und der Menschenverachtung, höchstwahrscheinlich mit summa cum laude abgeschlossen hatten, die Hand zum Gruß an die Stirn. Auch die geistlichen Führer vieler Religionen segelten im Wind des Pulverdampfes mit und erklommen den Gipfel der Blasphemie: Sie segneten tatsächlich im göttlichen Namen die Waffen und die Nutzer. Was wurde gefeiert? Was wurde gesegnet? Was wurde bejubelt? Die Freude auf die eigene Vernichtung in der Zukunft? Die Freude, Dinge zu besitzen um damit Geschwister zu verstümmeln, zu zerfetzen, zu vergiften, zu töten, große und kleine, alte und junge? Dass jeder getötete Soldat, jedes getötete Opfer zum Staub des Kriegsbodens mutierte, auf dem das nächste Böse tanzte? Die Begeisterung darüber, dass für diese Werkzeuge der Auslöschung von Menschen und Material ein Vielfaches ausgegeben wurde, statt die sozial Schwachen zu unterstützen und die Armut in der Welt zu beenden? Stumpfte der Kick des Erlebens des Gemeinschaftsgefühls so ab, dass bei allen Jubelnden das Gehirn ausgeschaltet wurde, bei bildungsfernen wie intellektuellen? Was faszinierte die Menschen am Mörderischen und der Zerstörung. Wurde diesem Bösen nicht bereits der Nährboden auch mit den Ballerspielen, die selbst sein eigener Sohn so liebte, bereitet? Stunden- und tagelang saß er vorm Bildschirm. Malek nahm sich zum wiederholten Male vor, mehr auf die Interessen der Kinder zu achten, intensiver an ihrem Leben teilzunehmen und zur Not auch regulierend einzugreifen, was sein Job bisher nicht zuließ. Aber war solch ein Computerspiel letztendlich nichts anderes als eine dem

Zeitgeist angepasste neue digitale, harmlose Sportart? Experten widersprachen den Mahnern, dass diese Spiele junge Menschen abstumpften oder verrohten und die mussten es doch wissen. Sollte nicht sogar die Reaktionsschnelligkeit dadurch geschult werden? Daran schien es also nicht zu liegen, wenn verzwergte Seelen als organisierte Mörderhorden, oder einzelne im Wahn zum einsamen Wolf mutiert irgendwann ernst machten und Blutbäder real werden ließen. Oder etwa doch? Jeden Tag starben an vielen Orten unschuldige Menschen. Gemeuchelt durch Armeen, psychisch Kranke, durch verblendete selbsternannte Gotteskrieger und Herrenmenschen, auf dem Land, in der Luft, auf der See. Es wurde getötet um Landbesitz, für Selbstverwirklichung, für Vaterlands- und Familienehre, für Volkszugehörigkeit, aus althergebrachten rassistischen Gründen, wegen volkswirtschaftlichen Egoismen, um Grenzen zu verteidigen, für Geld, für Drogen, für Ressourcen. Selbst mit hehren Zielen angetretene Machthaber verfielen oftmals der Verführung der Macht und die zwei-eiigen vampirischen Zwillinge Vetternwirtschaft und Korruption be-scherten irgendwann der eigenen Bevölkerung die absolute Blutleere. Der Mensch mutierte zur Bestie. Meistens weit entfernt. Doch näher-kommend. Es starben dort Menschen, wurde Malek bewusst, nicht Zahlen. In den zerfetzten, gefolterten, enthaupteten Körpern schlugen Herzen, strömte Blut, vernetzten sich die Synapsen, pulsierte das Leben. Wie können sich Menschen das Recht nehmen, Menschen zu töten? Anonym, unwirklich und letztendlich abstumpfend wurden in den Medien oftmals nur noch Zahlen genannt. Wenn jeder einzelne Tote aber eine Schöpfung Gottes war, warum griff er nicht ein? Jeder Mensch sei ein Individuum und habe eine Seele, behaupteten die Christen. Sollte das stimmen und würde dieses Individuum dann ermordet, getötet mit allen seinen Emotionen, mit allem Wissen und Erfahrungen eines Lebens, seinem einzigartigen Fingerabdruck, seiner Geschichte, jeder gleich wertvoll, ein Mensch ohnegleichen, jeder einzelne mehr wert als alle Schätze der Erde, warum verhinderte Gott dann nicht, dass diese unschuldigen Leben ausgelöscht wurden? Getötet durch feige, aufgehetzte, indoktrinierte Seelenkrüppel. Namenlos, gesichtslos, im brutalen Bombentod meist auch körperlos, verschwanden die Opfer, zwei Stunden später schon vergessen, in der kalten Medienwelt des Tagesgeschehens. Jeden Tag begann irgendwo auf der Erde der Wahnsinn neu. Am Anfang mit Worten. Machthaber setzen ihre gefährlichste Waffe ein, die Zunge. Aus Worten wurden Taten. Die Maschinerie lief an. Die Armeen der Finsternis marodierten und marodieren alle Zeit umher und war eine besiegt, stieg die nächste aus dem Höllenschlund. Noch brutaler, noch teuflischer, noch besser ausgerüstet. Von den brennenden, als Fackeln genutzten, verfolgten Christen Roms über den unsäglichen Holocaust bis zu den aktuellen Gräueltaten weltweit schien Mordlust die tief verwurzelte DNA der Menschheit zu sein. Machen wir uns nichts vor, dachte Malek. Kriege liegen hinter uns, Kriege herrschen aktuell, Kriege wird es solange geben, wie noch Menschen auf der Erde weilen. Zu allen Zeiten, in allen Ländern, bei allen Völkern, für alle Menschengenerationen. Auch hier, in unserem Land wurden symbolisch erneut Menschen ausgegrenzt, der Antisemitismus nahm zu, man schämte sich nicht einmal schwarz-rot-goldene Kreuze auf Demos zu tragen und somit dem Hass, der Gewalt und letztlich neuen menschenverachtenden Exzessen unter dem sinnfreien Gedanken, hier geboren zu sein, Vorschub zu leisten. Schwerter zu Pflugscharen? Suche Frieden und jage ihm nach? Nur fromme pazifistische Wünsche, verschwunden im Pulverrauch, wenn Menschen dieses versuchten. Denn die Welt hatte nichts gelernt! Die Lösung? Gott? Malek wunderte sich über seine humanen Gedanken. Doch als Vater, vielleicht einmal Großvater, der mit beiden Beinen in der Welt stand und der sich aufgrund der weltweiten Konflikte die dringliche Frage stellt, welche Welt die aktuell

Lebenden den Kindern und Enkeln hinterlassen würden und der vielleicht nicht mehr lebte, wenn die 12500 Atomwaffen weltweit die Klimakatastrophe zu einem Kindergeburtstag werden ließen, hatte die Dokumentation ihn in eine weihnachtliche Depression getrieben. Die Eskalationsschraube drehte sich immer weiter. Pah, dachte Malek erneut, Schwerter zu Pflugscharen? Pazifistischer Kram! Und wo war denn der Gott der Weihnacht, der Gott der Christen in allem Leid? „Gott, wenn es dich wirklich gibt, dann musst du dich mir jetzt aber mal sowas von klar zeigen," lallte Malek weinselig provozierend vor sich hin, als er sich Richtung Schlafzimmer bewegte. Ein grauer Schleier bemächtigte sich seinen Weihnachtsgefühlen. Noch ahnte er nicht, dass Gott auch heute noch antwortet, denn Gottes jedem Menschen geheimnisvolles, individuelles Nachgehen bis zum letzten Atemzug war kein Thema mehr in der Gesellschaft und wurde auch kaum noch von den Kanzeln gepredigt. In der Nacht hatte Malek einen Albtraum: Er befand sich in einer heruntergekommenen Gegend am Rande einer ihm unbekannten Stadt. Es war Nacht und stockdunkel. Nachdem sich seine Augen ein wenig an die Dunkelheit gewöhnt hatten, erkannte er im dürftigen Schein eines Lagerfeuers einige behelfsmäßig zusammengeschusterte Unterkünfte aus Wellblech, Pappe und anderen Materialien vom Müll. Es roch nach Schweiß, Urin und zusätzlich hing ein süßlicher Duft von Chemikalien in der Luft. Ein kleiner Junge erschien auf der Bildfläche. Die Haare verfilzt, das Gesicht eine einzige Dreckschicht, ein knochendürrer Körper in einem viel zu großen Männermantel, dessen zerschlissener Saum über den Boden schleifte. Sieben Jahre mochte er vielleicht sein. Bald darauf erschienen noch mehr dieser traurigen Gestalten vor den Wellblechunterkünften. Lallend, mit glasigen Augen, unterhielten sie sich in der Sprache der Straße. Aus ihren weiten Jacken holten sie Dosen oder Tüten hervor, hielten die Öffnungen an den Mund und atmeten tief ein. Das Schnüffeln von Leim, Klebstoff und Benzin ersetzte ihnen scheinbar die Wärme und Liebe, die eigentlich alle Kinder dieser Welt erfahren sollten. Doch dieser Ersatz war trügerisch und zerstörte offensichtlich die kleinen Körper unwiederbringlich. Überall erkannte Malek nun in den Winkeln Kinder unter Pappkartons, eng aneinander gekuschelt auf dem Boden, mit Zeitungen und Lumpen zugedeckt. Sie wärmten sich ihre kleinen Körper gegenseitig oder Seite an Seite mit struppigen Straßenhunden. Auf einem Stuhl saß der offensichtliche Anführer der Straßenkinder. Dieser band sich gerade den Oberarm ab und hantierte mit einer Spritze. Malek stockte der Atem. Das war eindeutig sein Sohn. Nicht, tu das nicht, wollte er schreien. Doch so sehr er sich bemühte, er bekam keinen Ton heraus. Panisch versuchte er auf seinen Sohn zuzulaufen, doch seine Beine waren schwer wie Blei und bewegten sich nicht von der Stelle. Malek sah, wie das todbringende Gift der Spritze in der Vene seines Sohnes verschwand. Tränen liefen ihm über die Wangen. Er fühlte sich, als hätte ihm jemand ein Messer mitten ins Herz gerammt, so schmerzte es ihn. Dann verschwand das Bild und Malek sah im Traum noch einmal, wie er achtlos den Bettelbrief in die blaue Tonne warf. Schweißgebadet erwachte er und suchte nach einer Erklärung seiner in letzter Zeit nicht einzuordnenden, rätselhaften Träume. Nach den Feiertagen fiel Malek schnell zurück in den alten Trott. Seine am Heiligabend im Alkoholrausch ausgesprochene Aufforderung an Gott, sich im zu zeigen, hatte er längst vergessen. Er war auf der Autobahn unterwegs, um sich mit einem wichtigen Kunden zu treffen. Malek lag weit vor der Zeit und wollte die Gelegenheit nutzen, ein kurzes Schäferstündchen mit seiner Geliebten einzulegen. Plötzlich fühlte er sich beobachtet und schaute zum Beifahrersitz. Der Schreck fuhr ihm so in die Glieder, dass er um ein Haar eine Vollbremsung bei Tempo 160 eingeleitet hätte. Neben ihm saß eine Gestalt, wie er sie noch nie gesehen hatte. Das Gesicht wechselte über alle Altersstufen und war einmal Mann, einmal Frau, die Farbe wechselte zu rot, dann über schwarz zu weiß, um dann in gelb überzugehen, mal faltig, mal glatt, man konnte kaum folgen ... Malek traute seinen Augen nicht. Spielten ihm seine Nerven einen Streich? Doch dann begann die Gestalt zu reden, und das hörte sich durchaus realistisch an: „Ich bin Treue. Der Herr sei mit dir." Doch Malek interessierte nur eins: „Hallo? Wie kommst du in mein Auto?" „Es gibt Dinge zwischen Himmel und Erde, die zu fassen des Menschen Geist zu klein ist", antwortete die Erscheinung. Das Gesicht des Mitfahrers änderte sich weiterhin bei jedem Blick, den Malek zur Seite warf. Das Wesen oder was immer das war, änderte sekündlich sein Aussehen. Jetzt glaubte Malek ernsthaft, verrückt geworden zu sein. „Ein Mann, der Feuer unter dem Mantel trägt, wird irgendwann verbrennen", sagte die Gestalt und verschwand genauso plötzlich, wie sie erschienen war. Malek zweifelte an seinem Verstand. Er war ein Mann, der Feuer unter dem Mantel trug, wie der Fremde es poetisch ausgedrückt hatte. Doch was ging das diese Halluzination an? Er grübelte und grübelte und verpasste darüber prompt die Ausfahrt, welche ihn zu seiner Geliebten, einer Kundin, die er mit seinem Jungen- charme für sich gewonnen hatte, geführt hätte. Äußerst verärgert bog er auf den nächsten Parkplatz ab und holte sein Smartphone heraus. Was ihm dann widerfuhr, passte zu diesem eigenartigen Tag. Seine heimliche Geliebte stellte ihm ein Ultimatum. Entweder trenne er sich von seiner Frau und bekenne sich zu ihr oder es sei vorbei mit der Liaison. Wie in schlechten Liebesfilmen, dachte Malek kurz. Als er erklärte, dass das auf keinen Fall infrage kam, hörte er plötzlich nur noch ein Freizeichen in der Leitung. Okay, dachte Malek, es gab noch andere Frauen, die einen Mann wie ihn gern empfingen. Wo er war, war Vorne. Neues Spiel, neues Glück. Der Typ, der sich Treue nannte, erschien erneut: „Ich sage dir: Jeder, der eine Frau auch nur so anschaut, als ob er sie körperlich in Besitz nehmen will, der hat in seinem Innersten schon Ehebruch begangen. Wenn zum Beispiel dein rechtes Auge der

Grund dafür wird, dass du zu Fall kommst, dann reiß es heraus und wirf es weg. Es ist besser für dich, dass ein Glied deines Körpers verrottet, als dass du als ganzer Mensch mit unversehrtem Leib in der Gottesferne lebst." Malek traute seinen Augen und Ohren nicht, als er einen kurzen Blick auf den plötzlich wieder neben ihm sitzenden Beifahrer warf, der dann flugs verschwand. Langsam wurde ihm angst und bange. Heute noch würde er sich einen Termin beim Psychiater holen. Aber konnte sein Gehirn ihm einen solchen Streich spielen? Nein, dachte er. Die Worte, die er gehört hatte, waren ihm völlig unbekannt. Wie sollten sie in seinem Gehirn gespeichert sein, wenn er sie noch nie gehört hatte? In der heutigen völlig mit freizügigen Bildern überladenen Zeit war das, was der Typ angemahnt hatte, ja wohl nicht zu schaffen, dachte er beim Blick auf eine leicht bekleidete Frau, die auf einer riesigen Werbefläche am Rande der Autobahn Werbung für fettarmen Käse machte. Und was hieß Gottesferne. Gab es überhaupt einen Gott? Kurz bevor Malek am Standort seiner Firma ankam, musste er vor einer geschlossenen Bahnschranke halten. Nach zehn Minuten riss ihm der Geduldsfaden und er fluchte vor sich hin. „Malek, wer ist schon perfekt?", hörte er plötzlich und blickte in das bekannte, sich ständig verändernde Gesicht auf dem Beifahrersitz, „ich bin Vorsehung, komm, ich lasse dich mit-schauen, was hier geschah und warum es nicht weitergeht". Malek konnte plötzlich alle Gedanken und Geschehnisse in einem Augenblick erfassen und bekam somit einen kleinen Einblick in die Allmacht Gottes ... Was war passiert? Wo bekommt man heute noch selbst hergestelltes Sauerkraut? Der Schrankenwärter Andersen hatte sich an dieser Köst-lichkeit, die es alle 14 Tage im ortsansässigen Tante-Emma-Laden zu kaufen gab, am Vorabend rundum satt gegessen. Nun kämpfte er seit Arbeitsbeginn mit den Nachwirkungen der Kohlorgie. Da er sich förmlich gasangetrieben durch seinen kleinen Arbeitsraum bewegte, wusste er an solchen Tagen zu schätzen, dass er alleine arbeitete. Seit 15 Jahren war er nun Schrankenwärter. Alle 30 Minuten waltete er seines Amtes und schloss fernbedient per Knopfdruck die Schranken, die in seinen Zuständigkeitsbereich fielen. Heute konnte er die Durchfahrt der Regionalbahn 75411 kaum abwarten, denn es trieb in backbord äußerst dringlich. Kaum hatte der Zug den Gefahrenbereich verlassen, öffnete Andersen mit schnellem Druck auf zwei Tasten die Schrankenanlage und machte sich hurtigen Schrittes auf, die Stoffwechselendprodukte des Sauerkrauts den Weg des Vergänglichen gehen zu lassen. So hätte alles seinen normalen Lauf nehmen können. Doch Andersen hatte die Tasten des Bedienpultes nicht fest genug betätigt und auch das kleine gelbe Kontrolllicht, welches ihm das ordnungsgemäße Öffnen der Schranken anzeigte, aufgrund seines darmspezifischen Stresses nicht genau registriert. Da er schnurstracks die Treppe hinunter in den unteren Bereich seines Schrankenwärterhäuschen, wo sich die Toilette befand, gespurtet war, bemerkte er nicht, dass die Vollschranken geschlossen geblieben waren. Acht Autos nebst ihren Insassen standen wartend vor der geschlossenen Schranke, darauf hoffend, nicht zur falschen Zeit am falschen Ort zu sein. Der neue Begleiter Maleks beobachtete die vor der Schranke wartenden Menschen. Einige Eigenschaften, die Gott in die Menschen nicht hineingelegt hat, sind seinen Boten inne. Menschen sehen nur die Gegenwart und somit Bruchstücke ihrer Existenz, doch die himmlischen Boten können im zeitlichen Raum auf das Ganze sehen, was der Begleiter Maleks sozusagen für ihn in diesem Moment freigeschaltet hatte. Im ersten Auto vor der Schranke befand sich die achtundzwanzigjährige Dunja Rittersporn. Sie war auf dem Weg zur Arbeit. Seit sieben Jahren leistete sie dort aufopferungsvolle Dienste im Sekretariat der Rechtsanwaltkanzlei Möller und Sohn. Eigentlich war sie recht zufrieden. Zum ganz großen Glück fehlte ihr jedoch ein Partner, den sie sich auch sehnlich wünschte, da ihre Lebensplanung Ehefrau und Mutter zu werden als erstrebenswerte Option beinhaltete. Den Richtigen hatte sie aber trotz ihres lieblichen Aussehens und sporadischer Romanzen bisher nicht gefunden. Im zweiten Auto schaute Dieter Mantasl seit geraumer Zeit immer wieder einmal in den Rückspiegel des vor ihm stehenden PKW. Einige Male waren sich die Augen der beiden Protagonisten schon unbeabsichtigt begegnet. In einer Zeit der Beliebigkeit hatte sich auch dieser junge Mann geschworen, sein Herz erst zu verschenken und sich zu binden, wenn er die Frau seines Lebens träfe. Beide ahnten noch nichts von dem partnerspezifischen Hauptgewinn, der ihnen vor der Schranke beschert wurde. Nach einer geraumen Wartezeit kreuzten sich die Blicke der beiden öfter und öfter, bis Mantasl allen Mut zusammennahm, ausstieg und sich mit der in dem Wagen vor ihm, mit Herzklopfen sitzenden, Dunja Rittersporn für den folgenden Sonntag zum Abendessen verabredete. Aus dieser Zufallsbekanntschaft entwickelte sich eine Musterfamilie mit drei wunderbaren Kindern und allen Höhen und Tiefen, die Ehen und Elternschaft über die Jahre mit sich brachten. Im Auto Nr. drei saß Walter Wirth. Erst vor kurzem hatte er einen Bypass bekommen. Damit zollte er einem Leben voller Stress mit sämtlichen Begleiterscheinungen Tribut. Sein jähzorniger Charakter, verbunden mit Alkohol, Nikotin und Maßlosigkeit beim Essen, hatten sein Übriges getan, dass seine Gefäße die ihnen zugeordneten Aufgaben nicht mehr oder nur noch in geringem Umfang erledigten. Selbst die Betablocker konnten seinen Zorn wegen der Wartezeit vor der Schranke nicht mildern. Mit hochrotem Kopf ließ er eine Schimpfkanonade, nicht ahnend, dass es die letzte seines Lebens war, auf die Bahn los. Drei Stunden später fand seine Frau ihn tot in seinem Fernsehsessel sitzend. Ein Herzinfarkt hatte ihn ereilt. Jens Karpf, 18 Jahre alt, stolzer Neubesitzer seines Führerscheins, wäre, wenn Anderson die Schranke nicht geschlossen gelassen hätte, auf dem Weg zu Friseur unter sorgfältiger Beachtung aller Verkehrsregeln und Geschwindigkeitsbegrenzungen um 14.12 Uhr in der Bethanienstraße

am Haus Nr. 34 vorbeigefahren. Durch Andersons Faux Pas fuhr er dort glücklicherweise erst um 14.25 Uhr vorbei. Genau um 14.12 Uhr entwischte nämlich der dreijährige Balthasar seiner Mutter mit seinem Laufrad und raste trotz ihres entsetzten Schreiens mit dem Spielgerät aus der Ausfahrt des Hauses Nr. 34 mitten auf die normalerweise viel befahrene Bethanienstraße. Zum Glück kam gerade weit und breit kein Auto … Frieder Jahn bereitete sich in Gedanken auf ein wichtiges Vorstellungsgespräch vor. Er saß im Auto Nr. fünf und hatte einen festen Termin, der nun Minute für Minute, ebenso wie die Chance auf Einstellung, wie er glaubte, zerrann. Er ahnte noch nicht, dass er Recht hatte, denn den Job bekam er aufgrund seiner Unpünktlichkeit nicht. Die Vorstellungsgespräche waren so eng getaktet, dass er nicht mehr dazwischen rutschte. Es sei aber erwähnt, dass sich das vermeintliche Pech für ihn zu einem Volltreffer entwickelte. Der angehende Maschinenbauingenieur bekam letztendlich einen in jeder Beziehung weitaus attraktiveren Job bei einem Global Player. Bert Liebig, im Auto Nr. sechs, wäre bestätigt worden, was er schon seit Wochen vermutete, wenn er nicht vor der Schranke geweilt hätte. Da er noch jede Menge Überstunden vor sich herschob, machte er an diesem Tag etwas eher Feierabend. Nur die geschlossene Schranke verhinderte, dass er seine Frau zusammen mit ihrem Liebhaber in flagranti erwischte und mit einem Küchenmesser auf ihn losging. Trotzdem zerbrach die Ehe einige Monate später. Im siebten Auto saß Adele Mommsen mit ihrem Mann. Ihnen widerfuhr ein eher alltägliches Vorkommen bei Bahnreisenden.
Sie nannten ein Bahnticket ihr Eigen und verpassten in den Minuten vor der Schranke die Abfahrt des ICE vom Bahnhof der Stadt, auf dem ihre Reise beginnen sollte. Als letzter in der Reihe stand Malek. Nun nahm sein Begleiter das Gespräch wieder auf: „Siehst du Malek, Gott ist alles zugleich, Vergangenheit, Gegenwart und Zukunft, er ist der „ICH BIN". Das umfasst alles zu allen Zeiten, an allen Orten. Egal ob gut oder

schlecht, die Menschen, die ihm ihr ganzes Leben folgen, können uneingeschränkt auf ihn vertrauen. Er hat alles im Blick. Der Mensch jedoch lebt im Jetzt und reagiert im Jetzt. Jesus aber sagt: Zermartert euch nicht mit Sorgen darüber, ob ihr genug zum Essen haben werdet! Macht euch keinen Kopf darüber, was ihr anziehen könnt! Denn euer Leben besteht aus viel mehr als der Nahrung. Und auch der Körper ist mehr wert als die Kleidung, mit der ihr ihn schmückt. Schaut genau hin: Die Vögel, die in der Luft umherfliegen, machen sich doch auch keine Sorgen. Sie säen nicht selbst, sie bauen sich keine Rücklagen auf und sammeln die Nahrung auch nicht in Vorratskammern. Und doch schenkt euer Vater, der über allen wacht, ihnen ihre Nahrung. Seid ihr nicht viel bedeutsamer als sie? Kein einziger von euch kann durch seine ständigen Sorgen und sein Grübeln auch nur eine einzige Sekunde zu seiner Lebenszeit hinzufügen. Und es bringt auch überhaupt nichts, wenn ihr euch darum Sorgen macht, womit ihr euch kleidet. Schaut euch doch einmal um in der Welt! Die Feldblumen zum Beispiel strengen sich überhaupt nicht an! Ohne eigene Mühe und Arbeit wachsen und blühen sie. Ich sage euch klipp und klar: Selbst der große König Salomo in all seiner Pracht war nicht so wunderbar gekleidet wie auch nur die kleinste Feldblume. Macht euch das klar: Die Gräser blühen an einem Tag überall auf dem Feld und am nächsten Tag werden sie abgemäht und als Brennstoff verwendet. Wenn Gott selbst diese vergänglichen Pflanzen mit einer solchen Schönheit ausstattet, wieviel mehr wird er für euch sorgen. Warum habt ihr dann so wenig Vertrauen? Also grübelt nicht darüber, was ihr essen oder trinken werdet oder womit ihr euch kleiden könnt! Alle Menschen dieser Welt, ganz egal wer sie sind oder woran immer sie glauben, strengen sich an, diese Grundbedürfnisse zu sichern. Ihr habt doch einen Vater, der über allem thront. Er weiß genau, dass ihr das alles braucht. Macht es zu eurem obersten Ziel, dass sich Gottes gute Herrschaft in eurem Leben und überall ausbreitet! Setzt euch dafür ein, dass endlich die Gerechtigkeit Gottes diese Welt bestimmen kann und dass ihr selbst auch so lebt, wie es gut und richtig ist. Dann wird Gott euch alles andere schenken. Also zersorgt euch nicht mit Gedanken über die Zukunft! Denn jeder neue Tag bringt sowieso schon ausreichend Schwierigkeiten mit sich." Malek wollte gerade fragen: „Das hat Jesus gesagt?" Doch er war schon wieder allein. Die Schranke öffnete sich. Von alledem ahnte Andersen nichts, als er fröhlich pfeifend, wieder völlig druckfrei, die Treppe des Schrankenwärterhäuschens emporstieg. Entsetzt blickte er durch die Panoramascheibe auf die seit dreizehn Minuten geschlossene Schranke, öffnete sie mit einem Tastendruck und zog sich ein wenig aus dem Blickfeld zurück, um nicht den vorwurfsvollen Blicken der Autofahrer ausgesetzt zu sein. Malek hingegen grübelte über den nächsten Pflasterstein auf der Straße zu Gott und ahnte nicht, dass das nicht die letzte Begegnung an diesem Tag war, denn noch war er nicht am Ziel. Bei seiner Weiterfahrt über eine unbelebte Landstraße zwischen zwei wie ausgestorben wirkenden Dörfern sah er einen Pkw im Graben liegen. Es schien ein Unfall sein, der schon ein wenig länger her war und das ramponierte Auto harrte sicher seiner Abholung durch den Abschleppdienst, redete er sich ein, um sich mit dieser egoistischen Begründung aus der Verantwortung, den Sachverhalt zu kontrollieren, zu ziehen und ohne anzuhalten schnellstmöglich an der Unfallstelle vorbeizufahren. Weder Warndreieck noch sonst irgendetwas deutete aber auf Maleks Version der Situation hin. Kaum war er an der Stelle vorbei, fing der Motor seines Autos das Stottern an und verstummte letztendlich ganz. Er fluchte, betätigte das Warnblinklicht, stieg aus und macht sich auf den Weg zum Unfall-Pkw. Ein junger Mann, offensichtlich bewusstlos, war hinter dem Lenkrad eingeklemmt. Zum Glück entdeckte Malek nirgendwo Rauch. Er holte sein Smartphone heraus, benachrichtigte den Rettungsdienst, der innerhalb weniger Minuten vor Ort war und ergriff die Maßnahmen, die weiteres Unheil verhindern halfen. Polizei und Notdienst lobten ihn für die vorbildliche Sicherung der Unfallstelle und die schnelle Benachrichtigung des Rettungsdienstes, da der junge Mann doch recht schwere Verletzungen davongetragen hatte. Nach Aufnahme der Personalien durfte Malek weiterfahren. Eigenartigerweise sprang sein Auto sofort wieder an und schnurrte störungsfrei davon. Sein schlechtes Gewissen hatte er rasch vergessen, denn eigentlich wäre er ohne den aussetzenden Motor nicht zum Lebensretter geworden. Das Fabelwesen war plötzlich wieder da. Nun ergriff Malek doch große Furcht ob seiner Erscheinungen. „Ich bin Hilfsbereitschaft, Malek, höre die Worte des Königs der Welt, Jesus", begann es zu sprechen. „Es war ein Mann, der von Jerusalem die Bergwüste hinunterlief nach Jericho. Da fielen Wegelagerer über ihn her. Sie nahmen ihm alles ab, sogar seine Kleidung, schlugen ihn zusammen und ließen ihn halb tot zurück. Zufälligerweise lief auch ein Tempelpriester auf diesem Weg hinab. Als er den Mann erblickte, ging er auf der gegenüberliegenden Seite des Weges an ihm vorüber. Genauso kam auch ein Levit, ein Tempeldiener, an diesem Ort vorbei, sah ihn und ging auf der anderen Straßenseite an ihm vorbei. Da kam ein Ausländer vorbei, ein Samaritaner, der gerade auf der Reise war. Als er ihn erblickte, wurde er von Erbarmen erfasst. Er lief zu ihm hin und versorgte seine Wunden. Er goss Öl und Wein darauf, um sie zu reinigen, setzte den Mann auf seinen eigenen Esel, brachte ihn zu einem Rasthaus und kümmerte sich dort weiter um ihn. Am nächsten Tag zog er zwei Denare aus der Tasche, gab sie dem Herbergsvater und sagte: Kümmere dich um ihn! Und wenn du mehr Geld für ihn ausgeben solltest, dann werde ich es dir zurückerstatten, wenn ich wieder hier vorbeikomme! Wer von diesen drei Männern, Malek, ist deiner Meinung nach für den, der ausgeraubt wurde, zum Mitmenschen geworden? Handle in Zukunft immer genauso wie der, der ihm praktisch geholfen hat." Malek war wieder alleine, bevor er sich rechtfertigen konnte, denn machten es nicht viele so und sahen weg, wenn es galt Verantwortung zu übernehmen? Jeder war sich wohl selbst der Nächste. Die Worte seines plötzlich erschienenen Mahners bohrten noch in ihm, als er sein Büro betrat und er konnte seine angebliche Heldentat nicht recht genießen. Gegen 16.00 Uhr hatte er alles in trockenen Tüchern, holte sich einen Kaffee aus dem Automaten und beschloss einen Blick in das bis dato unbeachtete Boulevardblattblatt zu werfen, welches der Bürobote auf Maleks Wunsch und Bezahlung täglich auf seinem Schreibtisch deponierte. Ehemalige Nachrichtensprecherin mutiert zur Missionarin, prangte es in Riesenlettern auf Seite eins. Davon hatte er schon gehört. Das war doch diese Tussi, die selbst dreimal verheiratet, auf einmal den christlichen Glauben für sich entdeckt hatte. Totale Heuchelei, dachte er, dann blieb ihm vor Entsetzen der Mund sperrangelweit offenstehen. Gegenüber seinem Schreibtisch saß das menschliche Chamäleon und sprach: „Ich bin Selbsterkenntnis, Malek. Hör, was Jesus sagt: Fälle kein abschätziges Urteil über andere, damit auch du nicht vorschnell abgeurteilt wirst. Denn mit dem Maßstab, den du an andere anlegst, wirst auch du gemessen werden. Und die Erwartungen, die du anderen gegenüber hast, werden auch an dich gestellt. Warum starrst du auf den kleinen blinden Fleck im Auge deines Mitmenschen und nimmst nicht gleichzeitig das dicke Brett wahr, das dir den Blick auf die Wirklichkeit und auf dich selbst vollkommen verstellt? Oder wie kannst du zu deiner Schwester sagen: Komm her, ich wische dir deinen blinden Fleck weg, wenn du gleichzeitig ein dickes Brett mit dir herumschleppst, welches dir den Blick verstellt? Damit täuschst du dich selbst und versuchst die anderen zu täuschen. Deshalb: Schau erst einmal der ungeschminkten Wahrheit über dich selbst ins Auge. Dann wirst du auch deinem Mitmenschen helfen können, seinen blinden Fleck zu überwinden. Der, der ohne Sünde ist, werfe den ersten Stein!" „Stopp", schrie Malek und hoffte, niemand hatte ihn gehört, „wer bist du denn eigentlich?" „Ich bin der Ich bin", antwortete das Wesen. „Ich war, bevor alles Irdische entstand, ich bin jetzt und ich werde sein, wenn alles Irdische vergangen ist, ich bin ewig." Weg war der Spuk. Malek blickte sich verzweifelt um. Waren es Boten oder war es Gott, oder war es Jesus? Jesus eher nicht, denn wer wies schon auf sich selbst hin? Es schien, genau wie das wechselnde Aussehen, nicht einzuordnen oder zu bestimmen sein, eines in Allem und alles in Einem. Anders, unheimlich, nicht menschlich, nicht zu greifen, geheimnisvoll … Kurz dachte er über die gehörten Worte nach. Eines hatten sie erreicht. Malek hatte keinerlei Lust mehr, die vor ihm liegende Zeitung, die, wie jeder insgeheim wusste, von Sensationsgier, Übertreibung, schlüpfrigen Geschichten und blutrünstigen Bildern jenseits von Anstand, Ehre und Moral lebte, noch zu lesen. Irgendetwas Unerklärliches blockierte in ihm. So, Schluss jetzt, dachte er und holte sein Notizbuch heraus. Er schien reif für eine Facharztbehandlung zu sein. Die Botschaften, die sein überarbeitetes Gehirn von sich gab, notierte er sich stichpunktartig. Er versuchte sich an die Worte der vermeintlichen Besucher zu erinnern. Im Stillen lobte er sein ausgezeichnetes Gedächtnis. Die Worte fielen ihm, zumindest sinngemäß, wieder ein. Für heute würde er Feierabend machen, beschloss er. Du meine Güte, dachte er, als er in den Fahrstuhl stieg, bleibt mir denn heute nichts erspart? Offermann aus der Rechtsabteilung drängte sich nämlich noch schnell mit in den Aufzug. Dieser komische Kauz, der in der Kantine vor dem Essen kurz den Kopf neigte und sich dann bekreuzigte. Peinlich, fand Malek. „Guten Tag, Herr Malek, lange nicht gesehen, wie geht's, wie steht's?", drängte Offermann ihm auch noch jovial ein Gespräch auf. Malek überlegte, ob er ihm von seinen Halluzinationen erzählen sollte, denn Offermann, als Christ, musste doch eigentlich Experte in Sachen Halluzinationen sein, da er ja Geschichten glaubte, die nach Maleks Überzeugung Märchen waren. Doch dann besann er sich eines Besseren und sagte: „So lala, aber das ist eine lange Geschichte, die mir sowieso niemand glaubt." „In Sachen Glaube bin ich Spezialist", erwiderte Offermann, „meine Tür steht Ihnen immer offen, sie wissen doch: Man fällt nie tiefer als in Gottes Hand." Auf dem Heimweg erfreute sich Malek an seinem neuen Pkw, der mit allem Zipp und Zapp modernster Technik ausgerüstet war. LED-Scheinwerfer, 10 Zoll Infotainmentsystem mit Wireless Smart Link, Apple CarPlay & Android Auto System, 2-Zonen Klimaanlage Climatronic, beheizbare Sitze vorne, Digital Cockpit Plus, Gegenverkehrswarnung, Tempo-automatik und, und, und. Im Anbetracht dieser vielen technischen Spielereien wurde aus Malek bei jeder Autofahrt wieder ein Kind. Wie groß war doch das Privileg, in diesem reichen Land geboren zu sein, dachte Malek in einem für ihn ungewohnten Anfall von Dankbarkeit. Hinter einer unübersichtlichen Kurve sah er einen alten Mann im Dauerregen ausharrend, einen Koffer in der Hand, den Daumen erhoben. Diesen seltenen Anblick eines Anhalters verortete er eher in die 70er-Jahre und da waren es mehrheitlich junge Menschen, die jene Art des Fortkommens genutzt hatten. Malek bremste und kam in Höhe des Anhalters zum Stehen. Der Alte öffnete die Beifahrertür und fragte, ob Malek ihn bei dem Sauwetter ein Stück weit mitnähme. „Immer herein", antwortete dieser jovial. Eine leichte Alkoholfahne schlug ihm entgegen, als sich der Straßenrandreisende mit einem Seufzen in den Sitz fallen ließ. Dem kleinen Koffer, den er vorher auf den Rücksitz deponierte, aber auch der abgewetzten Kleidung, die der Fremde trug, sah man an, dass sie schon bessere Zeiten erlebt hatten. Sie kamen ins Gespräch. Bereitwillig breitete der neue Mitfahrer unaufgefordert sein verkorkstes Leben vor Malek aus. Aus gut bürgerlichen Verhältnissen stammend, hatte er kurz nach seinem 50. Geburtstag seinen Arbeitsplatz verloren, dann immer mehr dem trügerischen Tröster Alkohol zugesprochen. Da seine Frau seine Lethargie nicht mehr ertrug, reichte sie die Scheidung ein. Er verlor Haus und Hof und landete in der Obdachlosigkeit. So bediente er jedes Klischee des sozialen und menschlichen Abstiegs, über das er sich in jungen Jahren noch spöttisch ausgelassen hatte, wie er voller Selbsterkenntnis und Reue anmerkte. Mit seinem Schwerbehindertenausweis, den er nach einem selbst verschuldeten Unfall im Alkoholrausch und den daraus resultierenden Verletzungen besaß, durfte er den Nahverkehr in Deutschland frei nutzen, was er reichlich tat. Ein ruheloser Mensch sei er und stets unterwegs, um nicht in irgendeiner dunklen Ecke einer fremden Stadt elendig unter einer Brücke zu vegetieren. Zu seinem Glück träfe er immer wieder auf nette Menschen, die ihm halfen. „Sie sind Christ?", fragte er dann und deutete auf das auf der Ablage liegende Traktat, welches Offermann Malek beim kürzlichen Treffen im Fahrstuhl noch mit den Worten: „Hier Malek, zum selber Lesen und zur Weitergabe, keine Begegnung im Leben ist Zufall," in die Hand gedrückt hatte. Ohne eine Antwort abzuwarten, fuhr er fort. „Mit Christen habe ich nur die besten Erfahrungen gemacht. Die haben immer eine Mahlzeit für mich, eine Duschmöglichkeit und ein Bett zum Übernachten. Nie wurde ich abgewiesen." Malek fiel von einer Verlegenheit in die andere. Wie sollte er wohl das Mitbringen dieses Vagabunden seiner Familie erklären? Für irgendetwas in der Ferne spenden, Unterschriftenlisten unterschreiben, am Sonntag in die Messe gehen. Das waren doch eher seine Kenntnisse vom Christenleben. Wann waren ihm schon einmal so hautnah Armut, Hilflosigkeit und Schmutz begegnet? Händeringend suchte er nach Ausreden. Nichts fiel ihm ein. Okay Gott, dachte er, was spielst du für ein Spiel mit mir? In diese seine wenig den Nächsten liebenden Gedanken sprach sein Gast hinein: „Würden sie wohl bitte einen kleinen Umweg machen? Wenn sie da vorne rechts abbiegen, kommen sie zum Pfarrhaus der Gemeinde. Die dort lebenden Menschen sind Christen voller Nächstenliebe und geben mir immer wieder für ein paar Tage

Quartier. Es wäre nett, wenn sie mich dort absetzten." Ein mittleres Gebirge stürzte von Maleks Herz. Freudig bog er ab und ließ seinen Reisebegleiter, der sich überschwänglich bedankte, am Gartentor der Pfarrerfamilie aussteigen. Malek drehte und begab sich froh auf den Weg in den Feierabend. Doch immer noch nicht allein, denn da war schon wieder ein ungebetener Mitfahrer. „Ich bin Barmherzigkeit. Ja, Malek, es ist leicht, die Augen und das Herz zu verschließen, wenn es gilt, Farbe zu bekennen. Auch die Pharisäer und die Theologen beschwerten sich damals bei Jesus, der nicht nach Ausreden suchte, um Außenseitern aus dem Weg zu gehen. Er setzte sich im Gegenteil mit ihnen und seinen Jüngern an einen Tisch. Da haderten die Gelehrten mit ihm: „Was soll das? Ihr setzt euch mit den Zolleintreibern und den Leuten, die mit ihrer ganzen Lebensweise gegen Gottes Verbote verstoßen an einen Tisch!" Da gab Jesus ihnen diese Antwort: „Nicht die brauchen einen Arzt, die sowieso gesund sind, sondern die, denen es schlecht geht! Ich bin nicht in diese Welt gekommen, um die Gerechten dazu aufzurufen, sich Gott zuzuwenden, sondern die Menschen, die gegen Gottes Verbote verstoßen." Malek, sei in Zukunft großzügig, gib Frierenden kein warmes Getränk, sondern besser die Hälfte deiner Kohlen." Danach gehörte der Innenraum des Pkw wieder Malek allein ... Ein ungewohnt stiller, nachdenklicher Ehemann und Vater saß des Abends mit einem Scotch in der Hand in seinem Clubsessel. Seine Frau hatte ihm von ihrem Tag und den Sorgen mit den Kindern berichtet, aber Malek hatte, wie immer, nur mit halbem Ohr hingehört. Nach dem dritten Scotch schwebten seine eigenen Sorgen langsam davon. Frau und Kinder waren im Bett. Malek stand auf und holte sich einen weiteren Seelentröster. Voller Selbstmitleid kreisten seine Gedanken um sich selbst und seine wundersamen Begegnungen und Träume der letzten Zeit. Er könnte doch eigentlich glücklich sein, dachte er und schaute erstaunt auf den erneuten Besuch im Sessel gegenüber. Malek, der sich langsam an die Blitzbesuche gewöhnte, fragte: „Und, wieder irgendwelche klugen Ratschläge?" „Ich bin Dankbarkeit, Malek, mit wem haderst du? Du sagst doch selbst, du hast alles, was man sich materiell wünschen kann. Doch die Sorgen anderer sind dir egal, aber höre: Wahres Glück haben alle, denen das Leid anderer nicht gleichgültig ist. Denn auch sie werden in ihren Schwierigkeiten Anteilnahme erfahren. Wahres Glück haben alle, die am Ende sind. Denn sie werden erleben: Gott lässt sie nicht allein." „Bla, bla, bla," lallte Malek mit whiskeyschwerer Zunge, „ich spende für Greenpeace und kaufe nur Bier, mit dem ich Quadratmeter für Quadratmeter den Regenwald rette, sonst noch was?" „Mit wem redest du?" Maleks Frau stand in der Tür. Gern hätte er ihr das Herz ausgeschüttet, doch die tägliche Routine und der Schrott, der sich in Maleks Seelenkellerräumen bergeweise angesammelt hatte, ließen ihn stumm bleiben. „Mit mir selbst," nuschelte er kurz und abweisend. Seine Frau verließ schweigend den Raum. Er schmiss den Flachbildfernseher an, um auf andere Gedanken zu kommen. Auf dem Bildschirm erschien ein Nachrichtensprecher, den er noch nie gesehen hatte: „Malek, ich bin Freigebigkeit, höre, eines Tages sah Jesus die vielen Wohlhabenden, die ihre Gaben in die Spendenkiste warfen. Dann sah er eine bitterarme Witwe, die dort zwei ganz kleine Kupfermünzen einwarf. Er sagte: Ich sage euch die Wahrheit: Diese arme Witwe hat mehr gegeben als alle anderen zusammen. Denn sie alle haben etwas von dem als Spende gegeben, was sie entbehren konnten. Aber sie hat das, was sie unbedingt braucht, dort eingeworfen, ihren gesamten Lebensunterhalt. Höre die Worte Jesu aus dem Buch der Bücher, Malek, und verstecke dich nicht hinter deiner dem Selbstzweck dienenden Rettung des Regenwaldes." Der Sprecher war fort. Spielte ihm der genossene Alkohol einen Streich, oder was ging hier ab? Malek fühlte sich krank, völlig neben der Spur. Hoffentlich konnte der Psychiater ihm helfen. Er musste unbedingt auf andere Gedanken kommen. Wurde heute nicht ein Fußballländerspiel übertragen? Natürlich, das wäre ihm bei seinen Grübeleien beinahe durch die Lappen gegangen. Immerhin ein kleiner Lichtblick. Erwartungsvoll lehnte er sich zurück. „Keine Macht den Drogen", las er auf den Trikots der deutschen Mannschaft. Richtig so, dachte er in Gedanken an seine Kinder und den kürzlichen Weihnachtstraum, bevor er noch einen ordentlichen Schluck aus dem Whiskeyglas nahm. Es war Zeit für den Anstoß. Das Spiel wird ihnen präsentiert vom ZDF und Bitburger Bier, tönte es aus den Lautsprechern. Merkte hier eigentlich keiner diesen Widerspruch zum Slogan auf den Trikots, dachte er und wurde sich seines eigenen ebenso widersprüchlichen Verhaltens nicht bewusst. Günter Müller, Fußballgott, wurde ein riesiges Plakat eingeblendet, welches ein Zuschauer im Stadion hochhielt. Da sowieso noch einmal ein Werbeblock kam, zappte Malek sofort weiter. Nur schon die Erwähnung von Gottes Namen machte ihn in letzter Zeit dünnhäutig. Was ging hier eigentlich vor? Wer verfolgte ihn? Wer ließ ihm keine Ruhe? Bewusst schaute er sich die Programmschnipsel an. Zwei junge Menschen breiteten ihr perverses Intimleben vor johlendem Publikum aus, ein älterer spätpubertierender ehemaliger Popstar demoralisierte im Fäkaljargon einen jungen Sänger vor einem Millionenpublikum, ein abgehalftertes Starlet verspeiste in einem Camp widerwillig einen Wurm. Wie hohl war das denn alles. Blut, Ekel, Hass, Horror, Mord, Porno, Selbstdarstellung, Narzissmus. Dann blieb er auf einem Musiksender hängen. Ein Konzert einer Gruppe, deren Mitglieder Dämonenmasken trugen, wurde übertragen. Das Böse war förmlich greifbar. Die jungen Menschen jubelten den gesungenen Hasstiraden enthusiastisch zu. Malek lief ein Schauer ob der greifbaren Realität des Dunklen über den Rücken … Er schaltete aus. Keinen Bock mehr auf Länderspiel. Verwundert über sich selbst, der sonst auch wie ein Lemming allem hinterherlief, was die Masse ihm als erstrebenswert vorlebte, begab er sich grübelnd ins Bett. Was war nur schiefgelaufen, fragte er sich mit einem Blick auf seine schlafende Frau, als er sich hinlegte. Vielleicht war es das dunkle Geheimnis, welches er mit ihr teilte. Der nächste Tag lief bis zu seinem späten Arbeitsschluss um 18.00 Uhr endlich einmal wieder in normalen Bahnen. Zwar schickte ihm Offermann mittags per Mail einen Bildschirmschoner mit einem biblischen Spruch im Anhang einer Mail, doch den ignorierte Malek. Jetzt hatte er neben den anderen rätselhaften Gestalten auch noch Offermann am Hals, haderte Malek zerknirscht. Nach Feierabend lief der Tag dann erneut etwas aus dem Ruder. Malek hatte einen Einkaufszettel von seiner Frau mitbekommen und den Einkaufswagen an einem fixen Ort des Supermarktes abgestellt, da er als analytisch denkender Mensch das Einsammeln der Waren und den Transport zum Einkaufswagen für ökonomischer hielt, als sich mit dem Einkaufswagen durch den rappelvollen Markt zu quälen. Da zeigte sich wieder einmal der Vorteil überbordender Intelligenz, dachte er hochmütig, als er bereits nach kurzer Zeit auf dem Weg zur Kasse war. Schritt für Schritt ging es voran. Hinter ihm hatte sich eine lange Schlange gebildet. Endlich kam er am Band an und wollte die Waren darauflegen. Entgeistert starrte er in den Wagen. Das war nicht sein Wagen! Jemand hatte wohl die gleich glorreiche Idee gehabt wie er und den Einkaufswagen in direkter Nähe seines Wagens abgestellt. Malek kochte innerlich, gleichzeitig war es ihm auch peinlich. Er scherte aus und begab sich zurück in die Gänge des Supermarktes. Dort stellte er den fremden Einkaufswagen an der nächstbesten Ecke einfach ab. Aus den Augenwinkeln beobachtete er, dass kurze Zeit später eine verständnislos schauende junge Frau kopfschüttelnd Besitz von dem Ausreißer nahm. Maleks Wagen stand brav an seinem alten Platz und harrte der Abholung. Ein weiteres Mal stellte er sich an das Ende der Warteschlange, in der die ersten Kunden das Murren anfingen und das

28

Öffnen einer weiteren Kasse forderten. Das geschah gerade in dem Moment, als Malek bis auf Platz vier an das Band herangerückt war. Mit einem Blick erkannte er, dass drei ältere Menschen sich im Schneckentempo vor ihm bewegten und scherte blitzschnell zwecks Überholung aus, um durch seine bessere körperliche Fitness Platz eins in der neuen Wartehierarchie zu ergattern. Eilig begann er die Waren auf das Band zu legen. „Ich bin Rücksicht, Malek. Jesus sagt: Die Ersten werden die Letzten sein und die Letzten die Ersten, denn jeder, der sich selbst nach vorne drängt, wird in seine Schranken verwiesen werden. Doch der, der bescheiden auftritt, wird öffentlich geehrt werden", hörte er plötzlich neben sich und schaute in das ihm mittlerweile wohlbekannte Gesicht eines jener Fabelwesen, die ihn verfolgten. Schon war es wieder verschwunden. Er blickte sich um und traf auf die ob seiner Dreistigkeit vorwurfsvoll blickenden Augen einer alten Frau hinter ihm. Er war so perplex, dass er die Waren wieder vom Band nahm, Entschuldigung murmelte und sich unter verwunderten Blicken der Wartenden als Letzter in die Warteschlange einreihte. Nach diesen aus seiner Sicht zutiefst peinlichen Vorfällen erwartete ihn zu Hause schon seine ungeduldige Frau, die sich zum wöchentlichen Kartenspielen mit ihren Freundinnen treffen wollte, mit unfreundlichen Worten: „Wo bleibst du denn wieder?" „Das ist eine lange Geschichte", wollte er antworten, doch seine Frau war schon aus der Tür. Er musste den Laden also alleine schmeißen, was ihm aber nicht schwerfallen würde, denn die beiden Großen übernachteten bei Freunden und der Kleine lag bereits gestillt und gewickelt im Bettchen. Nach dem Abendessen machte er es sich mit seinem obligatorischen Feierabendscotch im Sessel bequem, um das Neueste vom Tag in der Tagesschau zu erfahren. Plötzlich drangen aus dem Kinderzimmer des Jüngsten Geräusche, die er heute Abend gar nicht gebrauchen konnte. Genervt machte er sich auf den Weg. Zwei Stunden später hatte er ergebnislos alle Register gezogen, um seinen Sprössling wieder zum Einschlafen zu bringen, außer ihm die Brust zu geben. Malek stutzte. Satt und trocken war er, aber vielleicht brauchte er diese innige körperliche Verbindung zu einer Bezugsperson, um Frieden zu finden? Genau, das war des Rätsels Lösung. Zwar verkam das Ganze zu einer Mogelpackung, doch wer nichts wagt, der nicht gewinnt und er und Aufgeben oder sich etwa die Blöße geben, seine Frau um Hilfe anzufunken, das passte nicht zusammen. Er schob sein T-Shirt hoch und legte sich seinen Nachwuchs behutsam an die rechte Brust. Nach der Akzeptanz einiger ungewohnter Haare um die Brustwarze schnurrte der kleine Mann wohlig schmatzend vor sich hin und war innerhalb von zehn Minuten eingeschlafen. Das hätte ihm auch eher einfallen können, dachte Malek, als er müde in sein Bett sank. Am Morgen erwachte er mit starken Schmerzen in der rechten Brustwarze. „Wo bitte", fragte ihn sein Hausarzt, der den jammernden Malek aus kulanten Gründen schnell noch vor der Arbeit dazwischengeschoben hatte, „holt sich ein Mann eine derart ausgewachsene Brustentzündung?" Malek schwankte mit hochrotem Kopf zwischen Ehrlichkeit und einleuchtender Lüge. Er entschied sich für die Wahrheit und bemerkte, dass sein Hausarzt das dröhnende Gelächter, welches ihm im Halse steckte, nur mühsam unterdrückte. Als Malek sich, versehen mit entzündungshemmender Salbe, auf den Weg zur Arbeit machte, lobte er den Begründer des Arztgeheimnisses, denn sich vorzustellen, wie Dr. Frings in der Runde seines Personals bei einer Tasse Kaffee Maleks abartige Idee zum Besten gab, heiterte seine Stimmung nicht gerade auf. An diesem Tag hatte die immer weiter um sich greifende Gender-Ideologie die Geburt eines erbitterten Feindes erlebt. Überhaupt lief Maleks Leben im Moment völlig aus dem Ruder. Als er nach Feierabend heimkehrte, lag auf seinem Schreibtisch ein Brief mit einer Todesanzeige, die ihn schockierte. Sein alter Spezi aus Schultagen und bester Freund seiner Jugendzeit, Chris Jordan, war im

Alter von 40 Jahren nach kurzer schwerer Krankheit verstorben, wie es in dem Brief hieß. Chris Jordan war nicht sein richtiger Name, sondern Christian Jablonski. Doch nach dem Schauspielstudium hatte seine Agentur ihm geraten, einen gängigeren Künstlernamen anzunehmen. Mit Erfolg, wie Malek wusste. Der blendend gutaussehende Jablonski war der Star einer Arztserie, in der er, wie sollte es anders sein, einen von allen Schwestern, Patientinnen und Besucherinnen angehimmelten Chefarzt spielte. Tod nach kurzer schwerer Krankheit und das als Chefarzt, makaber, dachte Malek für einen Augenblick. Er schaute auf das Datum der Beerdigung. Die war bereits morgen. Der Brief musste also schon ein wenig länger auf dem Schreibtisch gelegen haben. Da er seit geraumer Zeit nicht mehr die Boulevardzeitung las, war ihm wohl auch die Berichterstattung in den Medien über den nebulösen Tod seines Freundes entgangen. Am anderen Morgen sandte Malek eine WhatsApp Nachricht an seine Sekretärin mit der Bitte, alle Termine aufgrund eines Trauerfalles abzusagen und ihm einen Tag Urlaub einzutragen. Dann zog er seinen schwarzen Anzug an und machte sich auf den Weg zum Friedhof der Stadt, in der Jablonski beerdigt wurde. Seine Frau fragte nicht einmal, weshalb er in schwarzem Anzug zur Arbeit ging. Ihre Ehe wurde Tag für Tag mehr zur Farce und letztendlich waren es nur noch die gemeinsamen drei Kinder, die sie aneinanderketteten. Man wusste ja, was so eine Scheidung in Kinderseelen gerade in jenem Alter anrichten konnte. Eine unglaubliche Menschenmenge hatte sich zum Abschied von Jablonski eingefunden. Im Minutentakt fuhren große Limousinen vor, aus denen prominente Leute jeglicher Couleur, hinter großen Sonnenbrillen versteckt, ausstiegen. Jablonskis derzeitige weibliche Favoritin stand mit einer weißen Rose in der Hand am offenen Grab. Der Sarg mit dem Toten war bereits eingetroffen und alle harrten der Abschiedsrede, die ein bekannter Pastor hielt, der ein guter Freund von Jablonski gewesen war und selbst einmal eine erfolgreiche Talkshow im TV moderiert hatte. Er fand genau die richtigen Worte, um die Augen der Anwesenden in ein Tränenmeer zu verwandeln. Die Schlagzeilen der Sensationspresse hatten zwar Woche für Woche eine andere Sprache gesprochen, doch der Redner schaffte es, ihn in die Nähe von Mutter Teresa zu rücken. Als dann der Sarg feierlich zu Grabe gelassen wurde und „Time to say Goodbye" aus riesigen Lautsprechern erklang, brachen alle Dämme. Auch Malek konnte sich der Tränen nicht erwehren und schnäuzte geräuschvoll in ein Papiertaschentuch. Beim Blick zum Parkplatz registrierte er, dass dort Luxuslimousine neben Luxuslimousine geparkt war. Das war dann doch eine ganz andere Kragenweite als seine. Malek beschloss, noch härter zu arbeiten, um noch erfolgreicher zu werden. Ein größeres Auto, ein größeres Haus, wie schnell konnte das Leben zu Ende sein, vielleicht ergab sich dadurch sogar die Rettung seiner Ehe. Die Beerdigung, der er gerade beigewohnt hatte, war eine reine Inszenierung gewesen, wie auch das ganze Leben von Jablonski, welches, wie Malek aus sicherer Quelle wusste, von schönem Schein, Alkohol, Drogen, Abstürzen und ständig wechselnden Lebensabschnittspartnerinnen begleitet gewesen war. Wo war Jablonski jetzt? Nichts wird zu nichts hatte Einstein oder wer auch immer gesagt, wo war dann Jablonskis Seele, wenn es so etwas gab, abgeblieben? Nach der Beerdigung begab Malek sich um die Ecke in ein Café, um seinen Gedanken nachzuhängen. Er nippte an seinem Cappuccino und dachte darüber nach, wie er auf der Erfolgsleiter höher steigen könnte. Doch was war, wenn er der Nächste wäre, der den Löffel abgeben musste? Einer der bei dieser Beerdigung Anwesenden war der nächste zu Betrauernde, definitiv. Ihm gegenüber saß wie von Zauberhand erneut eine dieser undefinierbaren Chimären. Das Wesen legte seine Hand auf Maleks auf dem Tisch liegende Hand. „Ich bin Endlichkeit, Malek. Siehst du, fast nur in solchen kurzen Momenten erkennen die Menschen, wie vergänglich das Leben ist. Sie registrieren ihre begrenzte Zeit auf Erden. Kein Thema wird im täglichen Leben unter den Menschen mehr und mehr zum Tabu als der Tod. Abgeschoben und verdrängt fristet der Gedanke an ihn nur ein Randdasein und ist doch so fundamental prägend für das Leben wie sonst nichts. Der Tod ist des Menschen ständiger Begleiter. Er ist immer existenziell bedrohend und greift unwiderruflich ein. Es gibt keine weitere Chance mehr zu reden, zu lieben, zu streicheln, zu verzeihen, zu fühlen, zu schmecken, zu riechen, zu schreiben. Der Tod passt nicht in die heutige Fit- und Fungesellschaft mit ihrem Jugendwahn. Die Leute können ihn nicht umtauschen, weil er ihnen nicht gefällt. Er geht jeden Schritt mit jedem Menschen und siegt immer. Und weil niemand sich mehr für den Tod interessiert, verlernen die Menschen den Umgang mit ihm. Schlägt er zu, so bleiben die meisten Hinterbliebenen fassungslos, mutlos, hilflos, hoffnungslos zurück. Dabei ist jeder Mensch zur Ewigkeit hin geschaffen. Der Gott und Mensch Jesus hat den Menschen, die an ihn glauben, die Ewigkeit im Himmelreich versprochen. Für die, die an ihn glauben, beginnt bereits mit dem Erdenleben die Ewigkeit. Der Tod wird für sie nicht zu einem lähmenden, bedrohenden Schatten über ihrem Leben, sondern stellt nur den Übergang von einer Wohnung in eine bessere dar. Wahre Nächstenliebe verschenken die, die nicht ihren und den Tod anderer ignorieren, sondern die Sterbenden in ihren letzten Stunden begleiten. Die ihnen ihre Würde bewahren und sie nicht in einem Abstellraum oder umgeben von seelenlosen Maschinen allein lassen. Wenn ein Mensch uns verlässt, so durchbricht er unser begrenztes Wissen von Zeit und Raum. Doch der Christusgläubige hat sein Ziel erreicht. Er ist durch seinen Tod eins mit Gott geworden. Die Zahl deiner restlichen Herzschläge wird mit jeder Sekunde weniger, Malek. Erst im Alter erkennen viele, dass es für ihre Existenz nichts Größeres gibt als Gott und den Nächsten zu lieben. Hänge dein Herz nicht an vermodernde Schätze, Malek, sondern an den Schatz der Ewigkeit. Dieser ewige Schatz ist von Gott in allen Menschen grundgelegt, sie finden ihn nur nicht mehr hinter den alltäglichen, eher unwichtigen Bergen des Materialismus. Eine Zahl auf dem Konto der sowieso Reichen, die sich ändert, weil sie größer wird, hat keinerlei Mehrwert, denn der Tod zahlt keine Dividende. Jesus sagt ganz klar, dass, wer an ihn glaubt, zwar den körperlichen Tod erleidet, aber in Zukunft das ewige Leben im neuen Körper bei ihm in unbeschreiblicher Herrlichkeit verbringt. Ein Leben, das mit menschlichen Worten nicht zu beschreiben ist. Doch der moderne Mensch setzt lieber auf das Hier und Jetzt. Die Symbolik in den Todesanzeigen der Tageszeitungen ist bezeichnend. Segelboote, Motorräder, Vereinswappen, Autoembleme, Pferde, Hunde, Sternbilder, Worte aus „Der kleine Prinz" etc. schmücken die letzten Abschiedsgrüße. Jeder Mensch wird nach Jesus Worten über sein Leben Rechenschaft ablegen müssen. Weder der kleine Prinz noch Adi Dassler, der Vorstand von Bayern München, Bello, Herr Porsche, Mr. Harley oder Mr. Davidson, geschweige denn irgendein Sternbild werden die Schuld der Sünden eines Menschenlebens dann auf sich nehmen. Was jetzt? Macht nichts, sagt der Atheist. Du willst mir nur Angst machen. Doch nicht mit mir. Sünde ist Quatsch. Es gibt keinen Gott. Genieße dein Leben, denn, wenn du tot bist, bist du tot, da kommt und ist nichts mehr. Gerne wird Epikur zitiert, der sagte: „Der Tod geht mich eigentlich nichts an. Denn wenn er ist, bin ich nicht mehr, und solange ich bin, ist er nicht." Ein wunderbares Argument ein selbst-bestimmtes, freies, von allen Zwängen unabhängiges, aber letztendlich egoistisches, sinnloses, unmoralisches Leben zu führen. Doch ich biete dir einen weitaus wertvolleren Gedanken an. Wenn du den Worten Jesus folgst und so lebst, als wären sie wahr, was verlierst du dann? Wenn sie nicht stimmen, hast du ein anständiges Leben gehabt und geführt. Stimmen sie aber, und du lebtest nicht nach ihnen, sondern egoistisch, lustbetont, narzisstisch, unmoralisch, verwirklichtest dich über Leichen gehend selbst, und wirst dafür zur Rechenschaft gezogen, ist der Verlust der Ewigkeit in unvorstellbar wunderbarer Symbiose mit Gott viel größer und tragischer. Das Motto „Alle denken nur an sich, nur nicht ich, ich denk an mich" ist das atheistische Credo unserer Spaßgesellschaft. Der Mensch, der immer nur um sich selbst kreist, wird irgendwann schwindlig und wundert sich, dass er fällt. Nicht in Gottes Hand, sondern in das dunkle Loch der Sinnentleerung. Gott hat einen Weg gebahnt, dass jeder, aber wirklich jeder, selbst der mit der allergrößten Schuld, diese Ewigkeit bei ihm erlangen kann. Sein Sohn, Jesus Christus hat die Schuld der gesamten Menschheit durch seinen Tod am Kreuz gesühnt. Er sagt, ich bin der Weg, die Wahrheit und das Leben. Milliarden von Menschen kamen und gingen. Milliarden von Menschen werden noch kommen, wenn nicht Jesus in Kürze zurückkehrt. Jeder einzelne dieser Menschen brauchte und braucht sein Leben nur ihm anzuvertrauen und der Tod verliert jegliche Schrecken, denn für diese Menschen existiert der Tod nicht mehr. Sind Christen bessere Menschen? Wohl kaum! Auch sie werden verführt durch die Werte der Welt! Sie wissen und fühlen, dass jedes Wort in der Bibel wahr ist und leben doch oftmals nicht danach. Doch stehen sie nach dem Tod vor Gott, sind ihre Schulden bezahlt, währenddessen der Gottlose an einen Ort geht, den Jesus hinreichend im Neuen Testament beschreibt, Leugner der Hölle hin oder her. Dort werden sie nicht auf mit der Forke piekende Gehörnte treffen, sondern auf Dunkelheit, Kälte, Einsamkeit, Verlassenheit, Hass, Bosheit, Lüge und Gewalt in Endlosschleife. Für dieses ewige Grauen gibt es keinen passenden Ausdruck. Kaum etwas ist im christlichen Mainstream so verpönt, als vor der unsichtbaren Macht des Bösen und dessen Ziel, die Hölle, zu warnen! Wer also Ohren hat zu hören, der höre und wer Augen hat zu lesen, der lese einmal Jesu Worte dazu! Schau auf die anderen

Religionen Malek. Sie werden oftmals vom Leistungsprinzip geprägt. Auch Christen gehen tausend Wege. Für manche ist die Ausübung von Riten, die Übernahme unseliger Traditionen sowie Abhängigkeit, Anbetung und Vergötzung von lebenden und gestorbenen Menschen zuzüglich der Inanspruchnahme von Vermittlern als Vorbedingung für ein ewiges Leben der Weg ins Paradies. Wieder andere zerreiben sich an Äußerlichkeiten und bekämpfen sich auf vielen Nebenschauplätzen. Welches traurige Bild für einen Glauben, der Gemeinschaft in der Liebe Jesus darstellen sollte! In anderen Weltreligionen werden die durch ihre Führer bildungsfern gehaltenen Menschen durch Millionen von furchterregend aussehenden, menschenerdachten Göttern versklavt. Beliebt ist auch der neue um sich greifende Patchwork-Glaube. Dessen oberster Repräsentant ist ein allverzeihender lieber Gott mit weißem Rauschebart, der im Yoga - Sitz seinen Ayurveda-Tee schlürfend, das Tibetische Totenbuch auf den Knien im Schatten von Stonehenge harrend die Sternzeichen hin- und herrückt. Ab und an schüttet er eine Portion universelle Energie über die Menschheit aus. Den Rest der Zeit beaufsichtigt er die Engel beim Traumfängerhäkeln. Einige Superreiche lassen sich nach ihrem Tod für horrende Summen konservieren und einfrieren, weil sie tatsächlich glauben, dass die Forschung soweit voranschreitet, sie wieder zum Leben zu erwecken und so zu verjüngen, dass sie unsterblich werden. Höre die Worte von Jesus, die auch schon viele Christen mittlerweile ignorieren, denn es gibt kein Zurück vom Tod, sondern nur ein Wohin nach dem Tod. Es lebte einmal ein wohlhabender Mann. Es geschah, dass seine Ernte besonders ertragreich war. Da überlegte er sich: Was soll ich jetzt tun? Denn meine Lagermöglichkeiten reichen längst nicht mehr dazu aus, meinen Ernteertrag aufzunehmen. Dann sagte er: Ich will Folgendes tun: Ich reiße meine Scheunen nieder und baue größere und bessere. Dann kann ich dort mein ganzes Getreide und alle meine anderen Vorräte aufbewahren. Danach kann ich zu mir selbst sagen: Du Mensch, du hast jetzt mit all deinen gelagerten Gütern für viele Jahre vorgesorgt. Jetzt kannst du dich entspannen, so richtig feiern mit Essen und Trinken, und es dir gut gehen lassen. Doch Gott sagte zu ihm: Du dummer Mensch. Noch in dieser Nacht wird dein Leben von dir zurückgefordert werden. Und wem wird dann all das gehören, was du sorgfältig angesammelt hast? So wird es jedem ergehen, der Reichtümer für sich selbst ansammelt, aber keinen Reichtum entwickelt in der Beziehung zu Gott. Wohin glaubst du, geht dieser Mensch? In die ewige Dunkelheit oder in die ewige Herrlichkeit? Greif zu Malek und bau dein Leben endlich auf Felsen statt auf Sand, dann wird dir Gewissheit im Letzten Geborgenheit im Vorletzten geben!" „Wer seid ihr?", versuchte Malek erneut das Geheimnis zu ergründen. „Wir sind das Wort und am Anfang war das Wort!", antwortete das Wesen und verschwand. Malek war wieder allein, nicht viel weiter als vorher und setze sein Headset ab. Da, außer Malek, die Gesprächspartner kein anderer Anwesender sah, hatte er sich angewöhnt, sobald erneut eine dieser Erscheinungen auftrat, ein Headset aufzusetzen damit er nicht als Selbstgespräch führender Psycho in Verruf geriet. Der Typ verschwand zwar, doch eine wohlige Wärme war von der Hand ausgegangen die auf Maleks gelegen hatte und immer noch spürbar. Trotzdem verstand er die Welt nicht mehr. Mit wem konnte er darüber reden, ohne als verrückt abgestempelt zu werden? War er etwa in der Midlife-Crisis und brach sich sein Gewissen bahn, welches auf das Archiv seines mit viel Schrott zugemüllten Unterbewusstseins zurückgriff? Auf jeden Fall ließen ihn die Worte des Engels, oder was auch immer, nicht mehr los. Am folgenden Tag wurde er in die Chefetage zitiert. Dort teilte die Personalchefin ihm nach minutenlangen Lobeshymnen auf seine Leistungen im Unternehmen mit, dass es da aber noch einen jüngeren, äußerst erfolgreichen Verkäufer gäbe, der vom Vorstand eher für die Position des freiwerdenden Abteilungsleiterpostens als geeignet betrachtet würde. Das versetzte ihm einen weiteren Tiefschlag, denn diese nächste Stufe auf der Karriereleiter war seinerseits fest eingeplant gewesen. Zudem handelte es sich bei dem ihm vor die Nase gesetzten Überflieger um ein hinterhältiges, falsches, aalglattes Bürschchen, welches zusätzlich auch noch der Neffe eines Aufsichtsratsvorsitzenden des Unternehmens war. Malek war tief enttäuscht und zornig. Wütend saß er in seinem Büro und haderte mit dem Schicksal. Prompt erschien eines der Wesen. Malek brüllte los: „Hau bloß ab, schlaue Sprüche sind das Letzte, was ich jetzt noch gebrauchen kann!" Er erntete nur ein liebevolles Lächeln. Die Tür öffnete sich. Maleks Sekretärin schaute um die Ecke. „Herr Malek, alles klar? Geht es ihnen gut?" Malek war beschämt. „Jaja, sagen Sie mir nur, ich bin doch alleine hier im Büro oder sehen sie sonst noch jemand?" Seine Sekretärin steckte den Kopf ganz durch die Tür, schaute sich erstaunt um und antwortete. „Also außer ihnen ist hier niemand." Malek sackte in sich zusammen. „Geht es ihnen wirklich gut?", fragte seine Sekretärin erneut. „Ja, schon okay", antwortete Malek, „bin wohl etwas überarbeitet." „Warum kommt ihr nur zu mir und nicht zu allen Menschen?", fragte er die Erscheinung, die ihm immer noch lächelnd gegenübersaß, nachdem hinter seiner Mitarbeiterin die Tür zufiel. Immerhin war jetzt definitiv klar, dass nur er die Typen sah. Die Gestalt blinzelte ihm zu und begann zu reden: „Ich bin Demut, Malek, wir kreuzen die Wege der Menschen ein Leben lang, da Gott jedem Menschen jeden Tag nachgeht. Nur sind die Wege jedes Menschen anders, genauso wie die Wege Gottes mit ihm, ihn für das Paradies zu gewinnen. Höre, was Jesus sagt: Wehre dich nicht, wenn dir jemand übel mitspielt. Sondern wenn dir einer einen Schlag auf die rechte Wange gibt, halte ihm auch noch die linke hin. Und wenn dich einer berauben will und dir gewaltsam dein Hemd abnimmt, dann gib ihm auch noch deinen Mantel. Und wenn dich jemand zwingt, etwas für ihn einen

Kilometer zu tragen, dann geh zwei mit ihm. Wenn einer etwas von dir haben will, dann gib es ihm, und wende dich nicht ab von dem, der etwas von dir leihen will. Begegne deinen Feinden in echter Liebe und bete für die, die dich verfolgen. Wenn du das tust, dann erweist du dich als Kind deines Vaters, der im Himmel ist. Denn so handelt Gott, der Schöpfer auch. Er lässt seine Sonne aufgehen über allen Menschen, den bösen und den guten. Allen sendet er seinen Regen, den Gerechten und den Ungerechten. Wenn du aber nur denen mit Liebe begegnest, die dich lieben, was ist denn daran Besonderes? Tun das nicht auch Menschen, deren ganzes Streben sich auf Betrug und Geldvermehrung richtet? Und wenn du nur die besonders freundlich behandelst, die zu deiner Familie gehören, inwiefern unterscheidest du dich dann von den anderen? Das machen doch alle, auch die nicht zu Gottes Volk gehören! Du sollst dich aber ganz anders verhalten. In allem, was du tust, sollst du deinen Vater im Himmel widerspiegeln. Er ist vollkommen gerecht und wendet sich allen Menschen zu." Malek war wieder allein und wurde gelassener, auch wenn es ihn immer noch furchtbar ärgerte, dass ihm ausgerechnet diese Pute, die Personalchefin, mit unterschwelliger Arroganz seine Nichtberücksichtigung bei der Beförderung mitgeteilt hatte. Jeder im Unternehmen wusste, dass sie in jungen Jahren die persönliche Mätresse des Unternehmensleiters gewesen war, was ihr damals beruflich einen steilen Aufstieg bescherte. Heute ließ sie die hochnäsige, über allen Dingen stehende Personalmanagerin heraushängen. Die hatte es gerade nötig. „Ich bin Wertschätzung, Malek, du bist echt ein zäher Brocken," hörte er von einem ihm schon wieder unverhofft gegenübersitzenden Besucher, „eines Tages brachten die Pharisäer und Theologen eine Frau zu Jesus, die sie gerade beim Ehebruch ertappt hatten. Sie stellten sie in die Mitte und sagten zu Jesus: Lehrer, diese Frau ist soeben beim Ehebruch erwischt worden. Mose hat uns im Gesetzbuch das Gebot gegeben, solche Frauen durch die Steinigung zu töten. Und, was sagst du dazu? Das sagten sie, um Jesus in eine Falle zu locken. Denn sie wollten einen Grund finden, um ihn anklagen zu können. Jesus aber bückte sich nieder und schrieb etwas mit dem Finger auf die Erde. Doch sie stürmten weiter mit Fragen auf ihn ein. Da sagte Jesus zu ihnen: Der von euch, der noch nie etwas Falsches getan hat, etwas, was gegen Gottes Gesetz ist, der soll als Erster einen Stein auf sie werfen! Dann bückte er sich wieder und schrieb etwas auf den Boden. Als sie das gehört hatten, gingen sie einer nach dem anderen fort. Dabei entfernten sich die Ältesten zuerst. So blieb die Frau schließlich allein in der Mitte übrig. Da richtete Jesus sich wieder auf und sagte zu ihr: Frau, wo sind sie alle? Hat keiner das Urteil an dir vollstreckt? Sie antwortete: Keiner, Herr! Da sagte Jesus zu ihr: So verurteile ich dich auch nicht. Geh nach Hause und lebe von nun nicht mehr gegen Gottes Willen. Malek, glaube mir, du kannst nichts tun, um mehr von Gott geliebt zu werden und nichts, um weniger von Gott geliebt zu werden, als diese Frau. Jeder bekommt immer wieder seine Chance bis zu seinem Tod. Doch dann ist es für jene, die Jesus und seine Gnade ablehnten, aus." Malek war wieder allein und als analytisch denkender Mensch schon ein wenig beeindruckt von der Weisheit, aber auch verstört von der dem menschlichen Denken entgegengesetzten Sichtweise des gerade Gehörten. Er hatte erkannt, dass er wohl eher ein Leben auf Seiten der Pharisäer führte. Als er heimkam, erwartete seine Frau ihn bereits im Wohnzimmer und begrüßte ihn mit der nächsten Hiobsbotschaft: „Eine Dame hat angerufen. Ich soll dir mitteilen, dass du die Dinge, die du bei ihr deponiert hast, beim Hausmeister abholen kannst. Sie möchte dir nicht mehr begegnen. Ich werde vorerst bei meiner Mutter Quartier nehmen. Die Kinder sind bereits bei ihr, sie ahnen noch nichts, aber sie haben es als ganz normalen Kurztrip zu ihr akzeptiert. Wenn wir uns einig sind wie es weitergeht, sollten wir gemeinsam mit ihnen reden. Dir rate ich, dein Leben zu überdenken, denn für uns findest du ja schon lange nicht mehr als Mann und Vater statt. Ich bin tief gekränkt, dass du einer anderen Frau das gegeben hast, was du mir vorenthältst. Ich werde darüber nachdenken und dich zu gegebener Zeit über meine Schritte unterrichten." Nach diesen Worten erhob sie sich, warf Malek einen traurigen Blick zu und verließ das Haus. Sein Leben geriet langsam aber sicher völlig aus den Fugen. Wer Sorgen hat, hat auch Schnaps im Haus, dachte er. Er würde sich heute Abend richtig die Kante geben ... Mit einem Riesenkater stieg er am nächsten Morgen in den Fahrstuhl. Offermann stand schon darin. „Na, Herr Malek, war wohl eine harte Nacht, so wie Sie aussehen?", fragte er. Malek starrte ihn aus blutunterlaufenen Augen an. „Wüsste nicht, was Sie das angeht", ant-wortete er abweisend. „Ich weiß, was Ihnen helfen würde", erwiderte Offermann daraufhin. „Ich brauche keine Hilfe", erwiderte Malek brüsk. Der Fahrstuhl hielt, Offermann stieg aus, drehte sich kurz um und sagte: „Malek, egal was schiefläuft, Jesus liebt dich und hat immer eine Lösung für dich." Die Tür schloss sich, Malek war allein. Jesus liebt dich? Hatte Jesus so viel Mist am Hals wie er, und wie sollte ihm jemand helfen über den vor ungefähr zweitausend Jahren ein Märchenbuch geschrieben worden war? „Ich bin Hoffnung, Malek, wahres Glück haben alle, die am Ende sind. Denn sie werden erleben, Gott lässt sie nicht allein." Malek schaute auf den Außerirdischen, der wie von Zauberhand mit im Fahrstuhl stand und diese Worte von sich gegeben hatte. Dabei war das Gesicht wie schon oft zuvor, in Sekunden von dem eines Neugeborenen in das einer Greisin und zurück über alle Lebensaltersstufen hin und hergewechselt. Malek war immer noch verblüfft und beeindruckt über dieses Phänomen, aber auch schon wieder allein, bevor er etwas antworten konnte. In seinem Büro angekommen, schrieb er alles, was er von den Geistwesen bisher an Ratschlägen bekommen hatte, soweit er sich erinnerte, fein säuberlich in seinen Taschenkalender, denn heute hatte er den Termin beim

Psychologen. „Klare Sache, vieles, was Sie mir vorlesen sind Zitate aus der Bibel", sagte der Fachmann zu Malek, als dieser ihm am Nachmittag ausführlich über seine sonderbaren Erscheinungen berichtete. „Die christliche Mutter, unbewusste Indoktrination durch die altbackene, althergebrachte, traditionelle christliche Erziehung. Es ist nun mal so, in der Mitte des Lebens entpackt der Speicher des Unterbewusstseins seinen Seelenmüll, um es mit einfachen für den Laien verständlichen Worten zu erklären. Ich verschreibe Ihnen Neuroleptika und sie werden sehen, wie schnell der Spuk vorbei ist." Der Seelenklempner drückte Maleks Hand und öffnete ihm die Tür. „Alles Gute, Herr Malek, machen Sie noch einen neuen Termin mit meiner Sekretärin, wir sehen uns." Trotz des frühen Nachmittags verspürte Malek keine Lust mehr, an diesem Tag noch an seinen Arbeitsplatz zurückzukehren. Ermutigt setzte er sich auf eine Parkbank. Mit dem verschriebenen Medikament in der Tasche und der Aussicht wieder ganz normal zu werden, zeichnete sich nach Wochen einmal wieder ein kleiner Lichtstreifen am Horizont ab. Er holte den Taschenkalender heraus und las sich in Ruhe seine Aufzeichnungen durch. Wenn das zum großen Teil Worte aus der Bibel waren, passten sie eigentlich noch sehr gut in die heutige Zeit, von wegen antiquiert, überlegte er. Doch die Aussagen standen im krassen Widerspruch zum heutigen Lifestyle, deshalb wollte das vielleicht niemand hören. Bei Licht betrachtet jedoch, erschien ihm Jesus revolutionärer als jeder Che Guevara der Neuzeit. Er tat nicht, was alle taten, sondern schwamm gegen den Strom. Wer traute sich das heute schon? Ein wenig bei der Steuer schummeln, ein wenig lügen, ein wenig seinen Vorteil suchen, das machte doch jeder. Warum nahmen diese Wesen ausgerechnet ihn aufs Korn. Beim nächsten Mal würde er fragen, es sei denn, die Medikamente befreiten ihn von seinen Verfolgern, was er hoffte, aber nicht recht glaubte. Vor drei Wochen war er mit seinem älteren Sohn zu einem Auswärtsspiel von dessen Fußballmannschaft mitgefahren. Einige der seltenen Stunden, in denen er etwas mit einem Kind unternahm. Hätte er geahnt, wie groß sein Ärger hinterher war, wäre er fortgeblieben. Kurz vor Ende der Partie führt das Team seines Sohnes mit 1:0 und sah wie der sichere Sieger aus. In der letzten Minute überrannte ein gegnerischer Stürmer jedoch die Abwehr und gab einen knallharten Schuss ab. Dieser schepperte innen im Tor gegen das Gestänge, über welches das Netz gespannt war. Fast alle hatten dieses tolle Tor gesehen, außer der Schiedsrichter. Der war der Ansicht, der Ball sei von der Torlatte auf das Spielfeld zurückgeprallt. Die gegnerischen Spieler, der Trainer und die heimischen Zuschauer protestierten vehement, doch der Schiedsrichter blieb bei seiner Entscheidung. Da gab der Trainer seines Sohnes dem Schiedsrichter ein Zeichen und erklärte ihm, dass der Ball einwandfrei im Tor gewesen sei. Von so viel Ehrlichkeit ließ der Schiri sich überzeugen und gab das Tor. Das Spiel endete 1:1. Die Entrüstung der mitgefahrenen Eltern war riesig. Sie schimpften lauthals auf den Trainer ihrer Kinder, da dieser nach ihrer Meinung, der sich auch Malek anschloss, sein Team verraten habe. Was wurde dadurch den Kindern suggeriert, überlegte er. Zum Ersten, der Ehrliche ist der Dumme und zum Zweiten, lieber lügen als Nachteile in Kauf nehmen. Auch er hatte sich ja furchtbar aufgeregt, doch wenn er das jetzt rückblickend betrachtete, hätte der Trainer seines Sohnes als leuchtendes Beispiel für „Fair Play" in einer Zeit des Egoismus ausgezeichnet werden müssen. Malek stand auf und spazierte ziellos durch die Stadt. Ein kurzer, wohl letzter Kälteeinbruch vor dem Frühlingsbeginn ließ einige Schneeflocken durch die Luft tanzen. Irgendwann kam er beim Bahnhof an. Die Bahnhöfe dieser Welt schienen eine magische Anziehungskraft auf Menschen auszuüben, welche gestrauchelt oder im Begriff zu straucheln waren, dachte Malek, als er es sich mit einem großen Bier an der Theke der Bahnhofskneipe bequem machte. Er erblickte durch das Fenster eine Gruppe

Obdachloser, welche die Weinflasche kreisen ließen. Um diese Zeit schon Alkohol zu trinken, da musste man ganz schön unten sein, ging ihm durch den Kopf. Dann starrte er auf sein vor ihm stehendes Bierglas und wurde sich seiner inkonsequenten Gedanken bewusst. Angeekelt schob er das Glas zur Seite, zahlte und verließ die Kneipe. Nachdenklich setzte er sich auf eine Bahnhofsbank. Sollte es Gott wirklich geben, fuhr es ihm durch den Kopf. Wie könnte er über mehr als acht Milliarden Menschen auf der Erde ständig auf dem Laufenden sein? Malek, als Teamleiter, gelang es nicht einmal, sein kleines fünf Personen umfassendes Zuträger - Team im Griff zu behalten. Eine Bank weiter beobachtete er einen abgerissenen Obdachlosen, der dem Wodka zusprach. Hätte Malek die unsichtbare Welt sehen können, wäre ihm der neben dem Obdachlosen wartende Tod in Lauerstellung aufgefallen und ihm bewiesen worden, dass Gott sich sehr wohl um jeden einzelnen Menschen auf der Erde kümmerte und immer wieder bis zum Lebensende seine Gnade anbot. So aber ahnte Malek nicht, dass er einer der Letzten war, der diesen angetrunkenen Landstreicher im lebendigen Zustand sah. Auch jener nach menschlichen Gesichtspunkten gescheiterten, obdachlosen Kreatur namens Magnus reichte Jesus bis zur letzten Sekunde seine Hand. Vom Wind getrieben taumelten einige Schneeflocken dem Boden entgegen. Umherfliegenden Federn eines geplatzten Kissens gleich, setzten sie sich auf Lebewesen und Dinge und kehrten rasch in ihren Urzustand zurück. Besagter Magnus saß auf einer Bank am Gleis und beschäftigte sich gedanklich damit, dass ein Eiskristall genau auf seiner von vielen Jahren Alkoholmissbrauch blauen Nase landete. Keines dieser filigranen Gebilde glich dem anderen und wurde von den vorbeihastenden Menschen achtlos zertreten. Genau wie die Gescheiterten der Gesellschaft, dachte Magnus angesichts seiner trostlosen Situation. Sollte er den schnell zu einem Wassertropfen mutierenden Himmelsboten als ein Glückszeichen oder einen unerwünschten Störenfried betrachten? Glück, was war das schon? Für einen Moment tauchte eine Erinnerung aus seinem früheren Leben auf. Magnus mit seiner Frau und den Kindern beim Versuch, Schneeflocken mit der Zunge zu fangen. Desillusioniert kehrte er in die Gegenwart zurück und wischte sich den mittlerweile unter seiner Nase hängenden Wassertropfen, welcher sich mit einer Träne vermischt hatte, missmutig ab. Auf dem durchlöcherten Handschuh war ein dunkler Fleck zu sehen. Er starrte auf den Fleck. Ein weiterer dunkler Fleck seines verkorksten Lebens. Morgen, nahm er sich mit Blick auf den zerfetzten Handschuh vor, würde er der Kleiderkammer der Bahnhofsmission einen Besuch abstatten, um sich neu einzukleiden. Ein spärlicher Rest von Selbstwertgefühl ließ selbst ihn noch wahrnehmen, dass die ihm begegnenden Menschen aufgrund seines abgerissenen Aussehens die Straßenseite wechselten. Durch den Bahnhof fegte ein ICE. Magnus fröstelte, als der Fahrtwind des Zuges in seine fadenscheinige Kleidung fuhr. Ein kleiner Schritt für einen Menschen, aber ein unbeachteter, unwichtiger für die Menschheit wäre es gewesen, hätte er den Schritt ins Gleis gewagt. Woher kannte er dieses Zitat? Armstrong, natürlich, der Astronaut, der als erster Mensch den Mond betrat. Nur der Wortlaut war ein wenig anders gewesen. Magnus wunderte sich, dass ab und zu Bruchstücke der Welt, zu der er nicht mehr zu gehören schien, wie springende Delfine aus dem Alkoholnebel seines Gehirns auftauchten. Er griff unter die Bank nach der halb leeren Wodkaflasche. Halb leer oder halb voll, fragte er sich. Halbleer natürlich, schrie der Promilledämon und lachte hämisch. Es wurde immer schwerer, die Sucht zu finanzieren. Bettelte man die Mitmenschen um etwas Geld an, so rieten die meisten dazu, sich an städtische Einrichtungen oder die Bahnhofsmission zu richten, denn dort bekäme man zu essen, zu trinken und einen Platz für die Nacht vermittelt. Einmal hatte Magnus in seiner Verzweiflung geantwortet, dass er aber Geld für Alkohol brauche. Keine gute Idee. Aus der Ferne hörte er die grelle Stimme von Jule, die im Drogenrausch wieder einmal mit den Geistern der Vergangenheit stritt. Jule war ein medizinisches Wunder. Seit Jahren auf der Straße. Viele abgebrochene Drogentherapien. Sie verschwand einige Zeit. Dann war sie unvermutet, an Leib und Seele notdürftig zusammengeflickt, wieder da. Bis zum nächsten Absturz. Jeder tiefer. Jeder Aufprall härter. Doch im Land der Gestrauchelten gab es nur Einzelkämpfer. Eng umschlungen schlenderte ein Liebespaar den Bahnsteig entlang. Die Frau blieb plötzlich stehen und streichelte mit dem Zeigefinger der rechten Hand zärtlich über die Wange des Mannes. Ich auch, hätte Magnus am liebsten laut geschrien. So viel nicht gestreichelte Haut hatte er anzubieten. Ein einziges nettes Wort hätte ihm schon gereicht, um das Fundament seines Seelenkellers notdürftig zu festigen. Sprosse für Sprosse war er die Leiter des sozialen Abstiegs hinabgestiegen. Worte und Gedanken drehten sich in seiner Welt irgendwann nur noch um das tägliche Überleben. Die unzähligen Menschen, die seinen Weg täglich kreuzten und die kleinen, gut funktionierenden Rädchen der Leistungsgesellschaft zu sein schienen, machten einen Bogen um ihn, den offensichtlich Gescheiterten. Sprachlose Blicke, die erbarmungslos sprachen. Ein Leben lang war Magnus auf der Suche nach den Worten gewesen, die ein junges, noch unverletztes Menschenwesen braucht, um das Leben mit seinen Herausforderungen zu meistern. Worte der Liebe, der Wertschätzung, der Geborgenheit, der Nähe, der Wärme. Irgendwann war die Suche zur orientierungslosen Jagd mutiert und Magnus war bei der Wahl der Beute hemmungslos geworden. Als er die Schule verließ, geriet er in die Netze der braunen Rattenfänger. Da er emotionslos zuschlagen konnte, erfuhr er das erste Mal im Leben Wertschätzung und Anerkennung, doch nur im Kreis dieser selbst ernannten armseligen Herrenmenschen. Irgendwann schlug Magnus zu oft und zu hart zu. Er wurde straffällig. Zum Glück gelang ihm der Ausstieg aus dem braunen Sumpf. Sein

Bewährungshelfer machte ihm in langen Gesprächen klar, dass diese braunen Seelenkrüppel andere Menschen klein machten, um selber leidlich groß zu erscheinen und hielt Magnus den Spiegel vor. Wie ein Sonnenstrahl in tiefster Finsternis war eine Frau in sein Leben getreten. Er schien Fuß gefasst zu haben. Doch das Seil auf dem er in ungewohnter Höhe balancierte, hatte kein Netz. Als er seinen Job verlor und mit Frau und zwei Kindern vom Arbeitslosengeld leben musste, brachen die Muster seiner Kindheit sich bahn. Die alten Dämonen holten ihn ein. Der Alkohol ließ die Sorgen verschwinden, die am nächsten Tag groß wie Dinosaurier auferstanden. Zwei Jahre hielt seine Frau es noch mit ihm aus, bevor sie den Kindern zuliebe einen Schlussstrich zog. Misston für Misston einer Lebenssymphonie, unterbrochen nur von wenigen harmonischen Klängen war das Fazit, welches Magnus an diesem trüben, grauen Tag aus seinem bisherigen Leben zog. Er nahm den letzten Schluck aus der Wodkaflasche und rappelte sich mühsam auf. Wie ein Denkmal des Scheiterns blieb die leere Flasche bis zum Einsammeln durch die Bahnreinigung unter der Bank stehen. Magnus ahnte noch nicht, dass er niemals mehr an diesen Platz zurückkehren würde. Täglich fragte er sich, warum ihn dieser Umschlagplatz der Gefühle so magisch anzog. Immer wieder gab er dem selbstzerstörerischen Impuls diesen Ort aufzusuchen nach, obwohl die ungestillte Sehnsucht wieder dazuzugehören ihn nur noch tiefer in die seelische Not stürzte. Eine Regionalbahn, prall gefüllt mit Reisenden, fuhr ein. Der Bahnsteig glich für einen Moment einer aus dem Bau strömenden Ameisenarmada. Magnus durchwühlte unter den geringschätzigen, teils angeekelten Blicken einiger Mitmenschen erneut die Mülleimer nach Pfandflaschen. Die spärliche Beute dieser Suche verstaute er in seinem schmutzigen Rucksack. Immerhin reichte der gesamte gesammelte Tagesinhalt für eine weitere Flasche Seelentröster vom Discounter. Dann machte er sich auf den Weg zu dem abbruchreifen Schuppen, der am Rande eines abgeernteten Feldes dem Verfall preisgegeben war und ihm derzeit als Nachtlager diente. Einige modrig riechende Strohbunde nutzte er als halbwegs bequemen Untergrund für die Nachtruhe. Magnus schlüpfte in seinen stinkenden Schlafsack, lauschte dem Rascheln seiner vierbeinigen Mitbewohner und schaute durch eine Lücke zwischen den verrutschten Pfannen in den Sternenhimmel. Ich bin klein, mein Herz ist rein, murmelte er, der zweiten halb geleerten Flasche Wodka geschuldet, vor sich hin. Ein Lächeln huschte über sein Gesicht, als er sich des einzigen Lichtblicks des Tages erinnerte, den er sorgsam wie einen Diamanten in seinem Herzen hütete. Eine Mitarbeiterin der Bahnhofsmission, die Magnus ein wenig ihrer Zeit schenkte und sich zu ihm setzte, bot ihm zum Ende der Unterhaltung an, für die Heilung seiner Seele zu beten. Magnus, im tiefen Sinnlosigkeitstal der Welt pilgernd hatte erwidert, dass es für ihn weder Hoffnung noch Perspektiven gab. Es sei einfach zu spät. Daraufhin las ihm die junge Frau Worte von Jesus vor. Magnus erinnerte sich grob, dass es darum ging, dass die, die nur eine Stunde fleißig gewesen waren, am Abend dasselbe an Lohn erhielten, wie andere, die sich den ganzen Tag abschufteten. „So etwas macht doch kein Chef der Welt", protestierte Magnus. „Kein Mensch, aber Gott, der geduldig ruft und wartet bis zuletzt", hatte die junge Frau erwidert. „Gott denkt nicht in den Dimensionen der Menschen. Es gibt da eine weitere anschauliche von Menschen erdachte Geschichte," fuhr sie fort, „zwei Freunde waren von klein auf ein Herz und eine Seele und teilten alles miteinander. Sie kamen in das Teenageralter und ihre Wege trennten sich. Der eine studierte Jura und tat somit seinem Gerechtigkeitssinn, seiner Wahrheitsliebe und seiner Ehrlichkeit Genüge. Der andere schlug den umgekehrten Weg ein. Seine Betrügereien brachten ihn letztendlich vor Gericht. Der Richter war ausgerechnet sein Kamerad aus der Kindheit. Punkt für Punkt arbeitete dieser die Anklage ab und verurteilte seinen Freund zu einer hohen

Geldstrafe, die dessen Ruin bedeutet hätte. Nach der Urteilsverkündung begab sich der Richter zur Anklagebank, umarmte seinen Freund herzlich und sprach: Ich werde die Geldstrafe für dich bezahlen, damit du ein neues Leben beginnen kannst. So ist es auch mit Jesus. Wer ihn einmal als seinen Herrn angenommen hat, dessen Schuld wird er ein für alle Mal tragen. Gibt es eine größere Liebe? Jesus ist diese Liebe". Die junge Frau drückte ihm ein laminiertes Kärtchen in die Hand, welches Magnus vorerst achtlos in seine Manteltasche steckte, doch etwas machte Klick in seiner Seele. Um die musste er sich wohl langsam ernsthaft Gedanken machen, denn sonst hatte er nichts zu verlieren. Die liebevolle Ärztin, die ab und zu mit dem Bus einer Christengemeinde auf dem Parkplatz vor dem Rathaus den Obdachlosen der Stadt kostenlosen Rat und Hilfe anbot, warnte Magnus jedes Mal davor, sein Leben weiterhin auf der Straße zu verbringen. Sein katastrophaler Gesundheitszustand genüge nicht mehr der Härte eines Obdachlosendaseins, warnte sie ihn beim letzten Besuch. Hass, Gewalt, Einsamkeit, Verzweiflung, Missachtung und in lichten Momenten die Scham, das waren die bisherigen Begleiter seines Absturzes gewesen. Was war noch Sinn eines solchen Lebens? Manchmal hätte Magnus gerne mit einem Tier getauscht, denn nur ein Mensch hört, egal in welcher Situation er sich befindet, diese leise, bohrende Stimme, die Konsequenzen anmahnt und ehrliche Antworten erwartet. Deswegen ertränkte Magnus diese Stimme Tag für Tag. Für ihn hielten die Götzen der Gegenwart keinen Nektar mehr bereit. Des Kämpfens müde, verzichtete er lieber auf seine Würde und hielt seinen abgestumpften Geist in den Mauern der Abwärtsspirale des Alkohols gefangen. Das Kärtchen in seiner Manteltasche fiel ihm ein. Er holte es heraus und las es: Danke, dass du mich liebst und das Beste für mein Leben willst. Es tut mir leid, dass ich ohne dich gelebt habe. Bitte vergib mir alle meine Sünden. Ich vertraue dir und bitte dich, komm in mein Leben. Sei mein

Gott. Sei mein Retter und mein Freund. Erfülle mich mit deinem Geist und hilf mir, so zu leben, wie es dir gefällt. Amen. Laut las er den Text unter Tränen ein zweites Mal. Ja Jesus, ich bin dein, rette mich, platzte es förmlich voller Erkenntnis aus ihm heraus. Tiefer Frieden überkam Magnus, der mit jedem Wort nüchterner geworden war. Dann schlief er ein. Im Traum sah er sich selbst dort auf dem Heulager liegen. Grauhaarig, ungepflegt, betrunken, zahnlos, in Lumpen gehüllt, durch das Leben auf der Straße vorzeitig gealtert. Plötzlich erstrahlte ein überirdisches Licht voller Wärme. Eine Liebe umhüllte ihn, die zu beschreiben es in der menschlichen Sprache keinen Ausdruck gab. Zwei Hände, an denen sich Wundmale befanden, streckten sich ihm entgegen. „Komm", sprach eine Stimme. Magnus ergriff die Hände …

Malek bekam von alledem nichts mit. Er hatte nach seinem kurzen gedanklichen Exkurs über Gottes lebenslanges Sehnen nach Gemeinschaft mit allen Menschen den Bahnhof verlassen und seinen Sitzplatz zurück auf eine Bank im angrenzenden Park verlegt. Ein Mann mittleren Alters tapste schwerfällig auf die Parkbank zu, auf der er saß. Beim Näherkommen erkannte Malek, dass es sich um einen Menschen mit Downsyndrom handelte. „Bist du ein lieber Mann", eröffnete dieser sofort das Gespräch. „Nicht immer", antwortete Malek. „Aber jetzt gerade?", ließ sich der Fragesteller nicht beirren. „Jetzt gerade, ja!" Malek ließ sich auf das Spiel ein. „Kannst du mir helfen, ich habe mich verlaufen und finde meine Werkstatt nicht wieder?", bat der gehandicapte Mensch Malek. Da Malek einfach nur seine Ruhe haben wollte, strafte er seine eigenen Worte Lügen und erwiderte: „Hier im Park stehen zwanzig Bänke, auf denen mindestens zehn Leute sitzen. Frag jemand anderen, ich habe keine Zeit." Kaum hatte er die harschen Worte ausgesprochen ahnte er bereits, dass in der nächsten Sekunde einer seiner geheimnisvollen Lehrmeister in Erscheinung treten würde. So war es. Er stand plötzlich neben der Bank und schüttelte den Kopf.

„Ich bin Nächstenliebe Malek", begann er, „höre, was Jesus sagt: Achte darauf, dass Du nicht verächtlich auf eines dieser kleinen Menschenwesen herabschaust. Denn ich sage deutlich: Ihre Engel dort oben im Himmel sind in ständiger Verbindung mit dem Vater, der über allem thront. Es wird ein Gericht über die Menschen kommen und diejenigen, die dem Hungernden zu essen gaben, den Durstenden zu trinken, die heimatlose Ausländer aufnahmen, die dem Entblößten Kleidung und Schutz gaben, den Kranken besuchten und den Eingesperrten neue Hoffnung brachten, werden reich entlohnt. Du sollst den Herrn, deinem Gott, deine ganze Liebe schenken. Das betrifft dein ganzes Herz, deine ganze Seele und deine gesamte Verstandeskraft. Das ist das wichtigste Gebot. Das Zweite aber ist genauso wichtig. Du sollst deinen Mitmenschen lieben, wie Du dich selbst liebst." Malek war mit dem Behinderten wieder allein. Wie sehr liebte er sich selbst? Eher zu sehr, dachte er mit dem Blick auf seine bisherige egoistische Lebensführung. Da er beruflich schon einmal dort gewesen war, wusste er, wo sich die Werkstatt befand und erhob sich, um seinem neuen Bekannten, der auf die Abfuhr von ihm gar nicht reagiert hatte, zu helfen. Im Gegenteil, er ergriff sogar, ohne nachtragend zu sein, Maleks Hand. So machte sich ein eigenartiges Gespann Hand in Hand auf den Weg zu den Werkstätten, in denen Frank, so hieß sein Begleiter, wie Malek herausgefunden hatte, schon vermisst wurde. Als er die Werkstatt verließ, nachdem ihn Frank herzlich und dankbar umarmte, fragte er sich, ob eine derartige Einrichtung wirtschaftlich arbeiten konnte. Im Bereich des Ausgangs fiel sein Blick auf ein eingerahmtes Bild, auf dem die gesamte Belegschaft der Werkstatt zu sehen war. Unter dem Bild befand sich ein Text. Malek las:

Die Geschichte von „So bin ich":

Im Anfang war das Wort. Und das Wort war Gott. Und Gott schuf „So bin ich". Er war ein besonders schönes Blümlein Gottes. Im Alltag verstand „So bin ich" manches nicht so schnell. Manches verstand er gar nicht. Sehr vieles aber verstand er besser - mit dem Herz. Frohgemut stellte er sich den Aufgaben, die ihn nicht überforderten. Lobte ihn jemand, erwiderte er mit breitem Grinsen und ungeheuchelter Freude: „So bin ich." Er war langsamer in seinen Aktionen, denn seine Zeit war immer da und passte nicht in Messgeräte. „So bin ich" merkte, wenn die Menschen, die unsicher gegenüber seinem fremden Aussehen waren, ihn anstarrten. Schenkte man ihm Mitleid, verweigerte er die Annahme, denn der Sinn des Geschenks erschloss sich ihm nicht. „So bin ich" erschütterte mit seiner Ehrlichkeit und seiner Authentizität die Wertvorstellungen der Masken tragenden Gesellschaft, doch er besaß alles, was Gott den nach Wahrheit Suchenden mitgibt. Als nicht erstrebenswert betrachtete „So bin ich" Karriere, Macht, Ruhm und Reichtum. Deshalb fanden es viele Menschen unmöglich, dass Geschwister wie er „in der heutigen Zeit mit ihren Möglichkeiten" das Licht der Welt einer Leistungsgesellschaft erblickten. Doch in ihm war das Leben. Das Leben war das Licht der Menschen. Und das Licht scheint in der Finsternis und die Finsternis hat es nicht erfasst (Johannes 1, 4-5). „So bin ich" entsprach nicht der langweiligen Norm. Er war anders begabt. Vor Gerichten versuchte man gelegentlich, seinesgleichen als Schadensfall zu definieren, da der das Wachsen im Mutterleib begleitende Arzt die genetische Besonderheit nicht erkannte und ungewollt ein Leben rettete. Durch Unfälle oder Erkrankungen fand „So bin ich" manchmal Verständnis bei „So wurde ich". Lag das Ausgrenzen von „So bin ich" daran, dass die großen „So sind sie" den kleinen „So werden sie" immer weniger das wahre Menschsein nach Gottes Plan und seiner Schrift lehren? „So bin ich" fühlte sich wertvoll, von Gott geliebt. Ohne Wenn und Aber. Eines Tages wird eine kälter werdende Welt den Namen von „So bin ich" vergessen haben. Nur in Gottes Buch des Lebens, da steht er: Unauslöschlich, **fett gedruckt**. 95 % der Eltern, die die vorgeburtliche Diagnose „Downsyndrom" für ihr Kind bekommen, entscheiden sich aktuell für eine Abtreibung, las Malek weiter. Er ahnte, an was Gott ihn erinnern wollte und verdrängte es rasch. Alles in allem nett geschrieben, aber niemand wollte wohl ernsthaft eine hart arbeitende, gutverdienende Spitzenkraft wie ihn mit den Menschen in dieser Einrichtung auf eine Stufe stellen. Er drehte die großen Räder und seine Arbeit hatte wohl nachweislich erheblich größeren volkswirtschaftlichen Nutzen als diese Hilfsarbeiten. Malek war stolz, dass er mit seinen eigenen großen Problemen noch zu so viel Nächstenliebe fähig war und Frank wieder unbeschadet abgeliefert hatte. Doch selbst wenn an der Sache mit Jesus etwas stimmte, so lagen doch 41 Jahre hinter ihm, in denen Jesus ihm völlig Wumpe gewesen war. In den restlichen Jahren, die ihm noch blieben, konnte er die verlorene Zeit sowieso nicht mehr aufholen, das hätte er am liebsten auch seinen immer wieder auftauchenden Mahnern gesagt. So kam Malek in den Genuss der Botschaft, die den Vagabund Magnus am gleichen Tag schon in Erstaunen versetzt hatte. „Ich bin Wirklichkeit, Malek, höre den Worten Jesu zu: Die neue Wirklichkeit, die Gott in die Welt hineinbringt, ist wie mit dem Mann, dem ein großes Weingut gehörte. Er ging am Morgen aus dem Haus, um Hilfskräfte für seinen Weinberg anzuheuern. Er verabredete einen Denar als Tageslohn und schickte sie dann zur Ernte. Um neun Uhr ging er noch einmal los und fand andere Arbeitslose. Denen sagte er: „Geht auch ihr in den Weinberg. Ich werde euch geben, was angemessen ist." Als die gegangen waren, suchte er noch einmal Hilfskräfte um zwölf Uhr und um drei Uhr nachmittags. Selbst um fünf Uhr nachmittags heuerte er noch ein letztes Mal Hilfskräfte an. Als es Abend wurde, wies der Besitzer den Vorarbeiter an: „Ruf die Leute zusammen und zahle allen ihren Lohn aus. Fange bei den zuletzt Gekommenen an und gehe zurück bis zu den Ersten." Da kamen die, die seit fünf Uhr im Einsatz waren und erhielten jeder einen Denar. Als dann die an die Reihe kamen, die als Erste mit der Arbeit begonnen hatten, dachten sie, dass sie mehr erhalten würden. Auch sie bekamen jeder nur einen Denar. Da beschwerten sie sich beim Besitzer und sagten: „Du hast die, die als Letzte gekommen sind und nur eine Stunde gearbeitet haben, genauso behandelt wie uns. Aber wir haben den ganzen Tag hart gearbeitet und in der Hitze geschuftet." Aber er gab zur Antwort: „Freunde, ich tue euch kein Unrecht. Haben wir nicht einen Denar vereinbart? Nehmt das, was euch gehört und geht nach Hause. Ich will den Letzten dasselbe geben wie euch. Ist es nicht mein Recht, mit dem, was mir gehört, zu tun, was ich will. Oder seid ihr nur sauer und neidisch, weil ich großzügig bin? Genauso werden die Letzten die Ersten sein und die Ersten die Letzten." Das Wesen schaute ihn kurz zärtlich an und war verschwunden. Malek machte sich auf den Weg zum Geldautomaten und hob 500 Euro ab. Er hatte plötzlich das dringende unerklärliche Bedürfnis irgendjemandem etwas Gutes zu tun und ahnte nicht, dass er dem nächsten Trugschluss Nahrung gab. Einem Obdachlosen, der auf einer Decke saß, vor sich ein Schild mit der Bitte um eine Spende gegen den Hunger, legte er 50 Euro in den Hut. Ein junges Mädchen, dem er im Vorbeigehen 50 Euro in die Hand drücken wollte, fauchte ihn an: „Ey Opa, für was hältst du mich, nimm dein Geld und verschwinde, bevor ich die Polizei hole!" Weg war sie. Auch dem Obdachlosen, dem Malek später noch einmal begegnete, hatte das Geld nicht wirklich geholfen. Sturzbetrunken lag er mitten in der Einkaufsstraße. Ein barmherziger Passant, der den Rettungsdienst benachrichtigte, wurde somit zum Lebensretter, da der Clochard sich dermaßen betrunken hatte, dass er eine Alkoholvergiftung erlitt. Selbst das vermeintlich Gute mutierte in Maleks Leben derzeit ins Gegenteil. Nächstenliebe ließ sich nicht erkaufen. Aber etwas Entspannung, glaubte Malek, denn sein Whiskyvorrat neigte sich dem Ende. Bevor er sich auf den Heimweg machte, stattete er dem Einkaufszentrum der Stadt noch einen Besuch zwecks Nachschubs ab. Dort traute er seinen Augen nicht. War er jetzt ganz dem Wahnsinn verfallen? Die Hölle schien ihre Pforten geöffnet zu haben. Massen von Kindern jeden Alters liefen dort als Teufel, Hexen, Zauberer, Skelette, Dämonen, kunstblut-verschmierte Verstümmelte, Monster, Zombies, kurz allem Bösen, Dunklen, Unheimlichen, Perversen schlechthin herum. Die meist-gesehene Serie auf Netflix war in dem Jahr die südkoreanische Serie „Squid Game". Inhalt: Erwachsene Männer und Frauen spielten Kinderspiele, solange bis ein Gewinner übrigblieb. Die jeweiligen Verlierer wurden sofort von bunten, Sportdegenfechtern ähnlich gekleideten Scharfrichtern hingerichtet, was man zwar als Zeichentrick, aber im Detail zeigte. Maleks Sohn hatte ihm begeistert davon erzählt. Auch diese abartigen Gestalten liefen dort herum. Dann löste sich zu Maleks Erleichterung das Rätsel. Aus Gründen der Neueröffnung nach Umbau veranstaltete der Einkaufstempel eine After-Halloween-Rallye zum Frühlingsbeginn. Dem Ideenreichtum sowie der Geschmackslosigkeit der Werbeabteilungen schienen keine Grenzen gesetzt zu sein. Zweimal Halloween, demnächst dreimal Karneval und als Höhepunkt der Konsumorgien viermal Weihnachten, mutmaßte Malek sarkastisch. Was war an dieser Szenerie lustig, dachte Malek entsetzt? Was ist lustig oder cool an Gestalten, die Henker darstellen? Was ist lustig oder cool an Monstern, Skeletten, Dämonen, Teufeln, Hexen, Zombies, nachgestellten Verstümmelungen oder eingefärbten blutgetränkten Kostümen in Zeiten von Krieg, Terror, Massakern und Leid? Was ist lustig an der Verherrlichung des Bösen? Welcher Geist steckte hinter der grausamen Zurschaustellung? Wie blauäugig war die breite Masse der Eltern? Sah Malek auch mittlerweile hinter jedem Busch das Böse sitzen? Ja, denn es saß offensichtlich dort. Es lief neben den verblendeten Menschenkindern und rieb sich die Hände. Die von Gott so wunderbar geschaffenen kleinen Gotteskinder wurden von ihren Eltern kritiklos der Massenhysterie einer konsumorientierten Götzenverehrung geopfert. Doch wen wunderte das noch, hatte Offermann letztens nebenbei gefragt? Traumfänger neben den Kinderbetten. Harry Potter im Regal. Tapeten mit den dazugehörigen Zaubersprüchen an den Kinderzimmerwänden. Zeichentrickserien die selbst Erwachsene bis in die Träume verfolgten. Talismane, Energie spendende Steine, alles wurde geglaubt, nur nicht unserem Herrn Jesus Christus, erwähnte er. Wem war schon klar, dass das Ausmalen von Mandalas, angeblich der Beruhigung dienend, ein Ritus des hinduistischen Götterglaubens, aufgeladen mit okkulten Hintergründen, war, wie Offermann behauptete. Fantasyfilme und Bücher eroberten die Hoheit in den Kinderzimmern, doch mit den Kindern zu beten galt als vorsintflutlich. Ja, nicht alles war falsch, was Offermann vorbrachte, dachte Malek, selbst ein wenig erstaunt über die ersten Früchte seiner neuen Gedankengänge.

Er erinnerte sich an den 07. Oktober 2023. Terroristen töteten an diesem Tag auf bestialische Weise über 1500 Kinder, Frauen, Männer jeden Alters. Rasende Tiere, den Pforten der Hölle entwichen. Es herrschten weltweit brutalste Kriege, Halloween realistisch. Wen störte das hier bei uns ernsthaft? In Deutschland wurden trotzdem derartige Motto Events gefeiert. Die Medien boten dieser unsäglichen Präsentation des Bösen gerne die Plattform. Den grausamsten Maskeraden, Verkleidungen, Dekorationen wurde enthusiastisch gehuldigt und, wie auch letztes Jahr am 31. Oktober, somit unbeeindruckt Foren für die aus Amerika herübergeschwappte Sinnentleerung geboten, ganz zu schweigen von den sogenannten sozialen Medien. Des Abends saß Malek im Wohnzimmer des bedrückend stillen Hauses. Er fühlte sich sehr einsam ohne Frau und Kinder, denen er ein Versorger, aber selten ein Mann und Vater gewesen war, wie er selbstkritisch erkannte. Plötzlich sprang der Fernseher von alleine an. Ein fröhliches kleines Mädchen lief mit einem Drachen im Schlepptau über eine bunte Wiese. Dieses Kind trug eindeutig die Gesichtszüge von Maleks Frau. In der nächsten Szene sah man das bezaubernde Geschöpf angestrengt, mit der Zunge zwischen den Lippen, bei den Hausaufgaben, dann wechselte das Bild auf den Fußballplatz und das Mädchen stürmte mit dem Ball am Fuß über den Rasen. Nach der letzten Szene leuchtete der Satz „Du sollst nicht töten" auf dem Bildschirm auf, bevor er wieder schwarz wurde. Gequält stöhnte Malek auf. Sie waren damals jung gewesen, er und seine Frau. Die ungezügelte Lust hatte sie im Griff gehabt. Dann war seine damalige Freundin und heutige Frau schwanger geworden und das Kind hätte beiden die großartigen Zukunftsaussichten verbaut. Er hatte seine Frau überredet, das Kind abzutreiben. Der Beratungsschein, der als Freibrief zur Abtreibung diente, war problemlos zu bekommen. Das war der erste Riss in ihrer Beziehung gewesen, denn das ungeborene Kind stand seitdem irgendwie als drohende schwarze Wolke für ihre Ehe über ihnen. „Aber es war doch nur ein Zellklumpen", gab Malek stöhnend von sich. Er haderte und fragte Gott gedanklich erneut: Warum verfolgst du mich? Eine Antwort erwartete er eigentlich nicht, denn er hatte die Medikamente gegen seine Wahnvorstellungen eingeworfen. Völlig erstaunt starrte er deshalb auf sein plötzlich auftauchendes Gegenüber. Zeitgleich erschienen auf dem Bildschirm jubelnde Menschen, offensichtlich im französischen Parlament und auf den Straßen, überwiegend Frauen, nächste Szene, jubelnde Menschen in Argentinien, nächste Szene jubelnde Menschen im Deutschen Bundestag. „Ich bin Wahrheit, Malek, das Mädchen, das du eben gesehen hast, wäre aus dem Zellklumpen geworden. Doch die Menschen sprechen sich selbst von der Schuld frei, einen werdenden Menschen getötet zu haben und bejubeln enthusiastisch ihr angebliches Selbstbestimmungsrecht, welches umfasst, dass ihr Leben ihnen gehört und sie somit das Recht haben, einem anderen Menschen in ihnen sein Leben zu verweigern und ihm das Leben zu nehmen. Um zehn Bäume vor dem Fällen zu retten, gehen hunderttausende auf die Straße. Um gegen das Ermorden ungeborener Kinder zu demonstrieren, machen sich vielleicht tausend Aufrechte auf den Weg, die von allen Seiten angefeindet werden. Was der Mensch nicht sieht oder sehen will, das blendet er aus. Die Bäume sind mächtig und für alle sichtbar. Der Mord an den Ungeborenen findet hinter Klinikmauern und in Arztpraxen statt und niemand hört die stummen Schreie der Embryos. Ein ungeborenes Kind ist ein „IST" und wäre ein „WÄRE GEWORDEN", wenn es nicht abgetrieben worden wäre. Die Jubelszenen sind real. Ob in Frankreich, Argentinien, Polen, vielen anderen Ländern, oder jetzt auch in deinem Land, die Freiheit, werdendes Menschenleben nach eigenem Gutdünken zu beenden, wird frenetisch von den Befürwortern bejubelt. Der Gott der Liebe nimmt jedes dieser getöteten Kinder mit Tränen in den Augen in seine liebevollen Vaterarme und gibt ihnen Heimat, doch der Jubel der Verblendeten wird sich in Erschrecken vor dem Urteil wandeln. Dieses wird Gott fällen. Paulus schreibt in einem Brief an die römische Christengemeinde: Übt nicht selbst Rache für euch aus, meine lieben Freunde. Sondern tretet aus dem Weg, sodass Gottes Strafgericht sich selbst der Sache annehmen kann. Denn Gott sagt: „Mir allein ist die Vergeltung vorbehalten, ich werde den Menschen genau das geben, was sie verdient haben!" So spricht also unser gerechter Gott. Du fragst, warum Gott dich verfolgt? Er verfolgt dich nicht, er geht dir nach. Er möchte dir und deiner Familie seine in Jesus Realität gewordene Gnade schenken. Er hat die Schuld der Abtreibung eures Kindes auf sich genommen und trug die Strafe. Ihr bereut und Gott akzeptiert das mit seinem Freispruch. So kann jeder Mensch das Himmelreich erlangen. Es ist nur fünf ehrlich gemeinte Worte entfernt: „Komm in mein Leben, Jesus!" Kein Kleingedrucktes, nur das Gnadengeschenk des liebenden Gottes. Gott begleitet jeden Menschen, nicht nur dich, in der Hoffnung, dass er die Rettung durch Jesus Christus begreift und ergreift. So unglaublich es erscheint, er kennt jeden der fast acht Milliarden Menschen dieser Erde. Wenn einer hundert Schafe besitzt und eins davon geht verloren, lässt er nicht die neunundneunzig dort oben im Bergland allein und läuft los, das eine zu suchen, dass er verloren hat? Und wenn er es dann findet, das ist doch wohl die Wahrheit, freut er sich mehr als über die neunundneunzig, die nicht verloren waren. So ist es bei Gott, deinem Vater. Er, der über alles herrscht, will nicht, dass auch nur ein einziges seiner Schafe verloren geht. Und noch etwas Malek, kommt gemeinsam zu Jesus, du und deine Frau, dann werdet ihr auch dieses Kind wieder in die Arme schließen dürfen." Malek war wieder allein. Okay, Auszeit. Gleich morgen würde er den restlichen Urlaub beantragen und eine Woche an die See fahren, um sich über sein weiteres Leben Gedanken zu machen. Ihm war nun klar, dass er nicht psychisch krank war. Die Medikamente warf er in die graue Tonne. Maleks Geist wurde plötzlich weit. In hundertfünfzig Jahren lebte höchstwahrscheinlich nicht ein einziger der derzeit auf der Erde weilenden Menschen mehr. War das alles, was sein Leben bisher zu bieten hatte? Am nächsten Morgen fand er einen Umschlag von Offermann auf seinem Schreibtisch. Darin befand sich eine DVD. *6000 Punkte für den Himmel. Anschauen, nachdenken, umkehren, liebe Grüße, hatte Offermann dazugeschrieben.

* 6000 Punkte für den Himmel: Bereit für die Ewigkeit/DVD-Video, Christliche Literatur-Verbreitung e. V.

Malek hatte am Vorabend über das Internet eine Woche Sylt gebucht und heute kurzfristig seinen Urlaub eingereicht. Dem Chef erzählte er, dass er ausgebrannt sei und dringend eine Pause brauche. Ein ausgebrannter Malek nutzte wenig. Mit dem Vorsatz, im Urlaub die Puppen tanzen zu lassen, um auf andere Gedanken zu kommen und diesen ihn verfolgenden Gott noch einmal richtig auf die Probe zu stellen, verließ Malek pfeifend das Haus. Die konnten ihn alle gernhaben, diese plötzlich erscheinenden Spaßbremsen. Eigentlich wollte er den nächsten Tag ausgiebig zum Ausschlafen nutzen, doch sein Smartphone weckte ihn gegen 10.00 Uhr durch hartnäckiges Klingeln. Seine 92-jährige Großmutter Änne entpuppte sich als der Störenfried. „Hallo Schnuckel, bist du es?", erklang die schon ein wenig brüchige Stimme seiner Oma. Malek, der es nicht gerade liebte, als erwachsener Mann noch mit seinem Kosenamen der Kindheit angesprochen zu werden, antwortete, durch seine Vorurlaubsfreude besänftigt: „Ja, Oma, Schnuckel ist am Apparat." Ihr kleiner Hund sei schwer erkrankt und ob er bitte kommen könne, bat Oma Änne. Malek, der diesen ersten Urlaubstag nur noch zum Packen und Chillen nutzen wollte, ließ sich erweichen und versprach, um Mittag herum aufzutauchen. Clooney, wie Oma Ännes Hündchen hieß, besaß vom ersten Tag an unbestritten alle Attribute, um zu einem Publikumsliebling zu werden. Genau das war auch der Grund, warum ihn der Züchter am Tag seiner Geburt Clooney genannt hatte. Seit diesem Moment rief sein Erscheinen allerorten Entzücken hervor. Mit seinem Frauchen, Maleks Oma Änne Moorberg hatte Clooney, seines Zeichens ein Bolonka Svetna, damals von der neuen Wohnung in der Seniorenresidenz Rentnerfrieden und zusätzlich von allen Herzen der Senioren Besitz ergriffen. Geschickt seine Mono-polstellung ausnutzend, sich bald hierhin, bald dorthin wendend, mit dem sicheren Gespür für denjenigen Menschen, der seiner tröstenden, aufmunternden, feuchtnasigen Stupse gerade am dringendsten bedurfte, mutierte Clooney schnell zum meistgeliebten Hund der Stadt. Destruktive Apathie und viele in einem langen Leben ungestreichelte Seelen trafen auf Clooneys leidorientierte Sensoren, die ihm, wie vielen tierischen Gefährten der Menschen, inne waren. Die Leiterin des Seniorenheimes, die Clooneys therapeutischen Nutzen immens zu schätzen wusste, stellte sich mehr als einmal die Frage, wie in ein so kleines Geschöpf ein so großes Herz passte. Hätte sein Frauchen den Liebesbezeugungen nicht ab und zu Einhalt geboten, wäre ihm sein Fell wohl bis auf die Knochen fort gestreichelt worden. Schon bald ging nach seinem Eintreffen das Gerücht um, der kleine Hund besäße Menschenverstand. Seinen außergewöhnlichen Status genießend verbreitete er einen unwiderstehlichen Charme. Die vielen ihm heimlich zugesteckten Leckerlis hinterließen mittlerweile bereits erste Spuren in Form eines einem Hängebauchschwein gleichenden Bauchansatzes. In den nachmittäglichen Seniorenkaffee - Talkrunden war die Mär umgegangen, dass er über einen unglaublichen Instinkt verfüge. Immer wieder sei er beim Besuch eines kleinen Mädchens, welches täglich kurz einmal bei ihrer Großmutter vorbeischaute, förmlich ausgerastet, trotzdem ihm das Kind mit ausgesuchter Freundlichkeit begegnete. Niemand konnte sich das wütende Bellen, Knurren und Anspringen erklären, bis ein analytisch denkender, ehemaliger Oberstudienrat des Städtischen Gymnasiums das Mädchen bat, seinen Rucksack zu öffnen. Und siehe da, auf dem Titelblatt eines linierten Schulblockes war ein Fasan abgebildet, der den offensichtlich hervorragenden Jagdinstinkt von Clooney geweckt hatte. Niemand war Zeuge dieses Phänomens gewesen und weder das Mädchen noch der ominöse Oberstudienrat waren namentlich bekannt, doch das tat der Legendenbildung um den kleinen Wadenbeißer keinen Abbruch. An diesem Morgen war Clooney wieder einmal zwischen den Senioren im gemütlich gestalteten Aufenthaltsraum, wie immer das Rampenlicht genießend, herumgetollt, berichtete Oma Änne aufgeregt ihrem Enkel Malek, als er gegen Mittag eintraf. Selbst die Knurrigsten wurden beim Blick in diese braunen Knopfaugen weich wie Wachs im Hochsommer. Oma Änne erzählte atemlos weiter, dass eine Bewohnerin gerade den kleinen Freudenspender mit strahlenden Augen aus ihren Armen entlassen hatte, damit er einem anderen Mitbewohner ein wenig tierische Wärme vermitteln konnte, als Clooney langsamer geworden, das Taumeln angefangen und mit einem Schnaufer zur Seite gefallen sei. Dann raffte er sich wieder auf, berichtete sie, rannte orientierungslos vor ein Stuhlbein, um erneut alle Viere von sich zu strecken. Fassungslos hatten die im Raum Anwesenden das makabre Schauspiel beobachtet. Selbst eine an Demenz leidende Bewohnerin, deren schwarzen Wolken der Kriegserinnerungen nur Clooney ab und zu einen Sonnenstrahl in Form eines Lächelns entlockte, die sonst stundenlang Monologe führend die Bombenangriffe auf die Stadt gebetsmühlenartig thematisierte, aber sich an den gerade gegessenen Apfel Sekunden später nicht mehr erinnerte, brach in Tränen aus und rief hysterisch nach einem Notarzt. Ein anderer Bewohner hatte bereits sein Notrufarmband zweckentfremdet und musste sich belehren lassen, dass der Notruf nur für Menschen benutzt werden durfte. Schnell stellte aber ein Angestellter des Seniorenheimes fest, dass Clooney zwar wie tot auf dem Holzparkett lag, aber sein Herz noch ruhig und gleichmäßig schlug. Vielleicht sei er vom vielen Hätscheln zu erschöpft, mutmaßte er. Der friedlich schlummernde Winzling, dessen einziges aktuelles Lebenszeichen ab und zu ein reflexartiges Muskelzucken war, wurde nach der Versicherung des Wohnheimmitarbeiters, dass es sich um keinen Notfall handele, samt Oma Änne auf ihr Zimmer gebracht. Mit den Worten: „Lassen sie ihn mal in Ruhe ausschlafen und dann wird das schon wieder", ließ er Clooneys aufgelöstes Frauchen zurück. Oma Änne hatte ihren Liebling dann in ihrem elektrischen Fußwärmer deponiert und wehrte die traubenartig auftretenden Krankenbesuche der anderen Mitbewohner an der Tür ab. „Clooney braucht Ruhe, bitte nicht stören" hatte sie auf ein Blatt geschrieben und dieses mit Tesafilm am Türrahmen befestigt. Selbst ihrer besten Freundin, die mit Klosterfrau Melissengeist vor der Tür erschienen war, verwehrte sie den Eintritt. Einige Zeit später kam noch einmal der Wohnheimmitarbeiter zwecks fürsorglicher Kontrolle. Gerade als er die Zimmertür hinter sich schloss, erwachte Clooney, gähnte, reckte und streckte sich, kam etwas wackelig auf die Beine und schaute verständnislos in die Gesichter zweier

Menschen, die ihn interessiert und überrascht beobachteten. Oma Änne strahlte vor Glück. Sie war froh, dass Clooney wieder unter den Aktiven weilte und unter dem Jubel der anderen mitfühlenden Senioren mit Clooney im Schlepptau wieder im Aufenthaltsraum erschienen. Der Prinz gab erneut seine Aufwartung und das Gefolge applaudierte. Nach dem Mittagessen begab sich Änne Moorberg zurück auf ihr Zimmer, um Mittagschlaf zu halten. An den Notruf bei Malek erinnerte sie sich bereits nicht mehr und war freudig überrascht, als er auftauchte. Kurz bevor Malek eintraf, wollte sie ihre Antidepressiva - Medikamente und ihre tägliche, mittägliche Beruhigungstablette nehmen. Nach dem Tod ihres Mannes war sie im Angesicht des plötzlichen Endes einer langen, glücklichen Ehe in ein tiefes Loch gefallen und verdankte ihr Auftauchen aus der Dunkelheit einer behutsamen seelsorgerischen Therapie und dem Segen der Medizin. Schritt für Schritt kämpfte sie sich in jener Zeit zurück in das Alltagsleben. Sie griff in ihre Jackentasche. Dort befand sich das Pillendöschen mit der gesamten Pillenration für den Tag. Irritiert stellte sie fest, dass der Deckel des Pillendöschens abgefallen war und sie wohl beim Herausholen des Taschentuches, welches sich ebenfalls in der Jackentasche befand, die Pillen im Aufenthaltsraum verloren hatte. Wäre Clooney ein Mensch gewesen, hätte er sich nun einen Reim darauf machen können, warum er nach dem Genuss dieser vier kleinen Leckerlis heute Morgen, die ihm unter einem Tisch im Aufenthaltsraum vor die Schnauze kullerten, deren Geschmack aber nicht im Geringsten die überschwängliche Vorfreude rechtfertigte, innerhalb von wenigen Minuten in einen dem Tode ähnlichen Schlaf fiel. Da Änne Moorberg dem Verlust der Pillen aber keinen weiteren Gedanken widmete, blieb das Rätsel des mehrstündigen, spontan beginnenden Komas eines kleinen Schoßhundes ungelöst. Malek hatte leicht angesäuert der Erzählung gelauscht, fand das nicht lustig und ärgerte sich über die seiner Meinung nach vertane Zeit. Nach einer Stunde machte er sich wieder auf den Weg. Es kam, wie es kommen musste. Wieder besuchte ihn ein unheimlicher Beifahrer: „Ach Malek, auch du wirst einmal alt. Ich bin Mitgefühl. Hast du nicht die Freude deiner Großmutter bemerkt, dich nach so langer Zeit wieder einmal begrüßen zu dürfen? Schämst du dich nicht, dass du sie so wenig besucht hast, seit dir deine eigene Familie, der Beruf, Karriere, Hobbys und vieles andere wichtiger waren? Erinnerst du dich nicht mehr an die wunderbaren Ferientage mit Zuckerguss, den Apfelkuchen mit dick Sahne darauf, die liebevollen Umarmungen und den Trost einer wunderbaren Großmutter nach aufgeschürften Knien? Glaube mir, auch du wirst einmal alt und wartest dann voller Sehnsucht auf Menschen, die dir noch einen Wert zumessen. Salomo, ein König lange vor Jesus Christus geboren, sagte: Denk schon als junger Mensch an deinen Schöpfer, bevor die beschwerlichen Tage kommen und die Jahre näher rücken, in denen du keine Freude mehr am Leben hast. Dann wird selbst das Licht immer dunkler für dich: Sonne, Mond und Sterne verfinstern sich, und nach einem Regenschauer ziehen die Wolken von neuem auf. Deine Hände, mit denen du dich schützen konntest, zittern; deine starken Beine werden schwach und krumm. Die Zähne fallen dir aus, du kannst kaum noch kauen, und deine Augen werden trübe. Deine Ohren können den Lärm auf der Straße nicht mehr wahrnehmen, und deine Stimme wird immer leiser. Schon frühmorgens beim Zwitschern der Vögel wachst du auf, obwohl du ihren Gesang kaum noch hören kannst. Du fürchtest dich vor jeder Steigung und hast Angst, wenn du unterwegs bist. Dein Haar wird weiß, mühsam schleppst du dich durch den Tag, und deine Lebenslust schwindet. Dann trägt man dich in deine ewige Wohnung, und deine Freunde laufen trauernd durch die Straßen. Ja, denk an deinen Schöpfer, ehe das Leben zu Ende geht – so wie eine silberne Schnur zerreißt oder eine goldene Schale zerspringt, so wie ein Krug bei der Quelle zerbricht oder das Schöpfrad in den Brunnen fällt und zerschellt. Dann kehrt der Leib zur Erde zurück, aus der er genommen wurde; und der Lebensgeist geht wieder zu Gott, der ihn gegeben hat. Ja, alles ist vergänglich und vergeblich, sagte der Prediger, alles ist vergebliche Mühe!" Malek war wieder allein und schob den Gedanken an sein Altwerden vorerst weit von sich. Jetzt kam erst einmal der Urlaub und dann würde er weitersehen ... Den Koffer hatte Malek nach seiner Rückkehr von Oma Änne am Vorabend gepackt. Voller Vorfreude wuchtete er ihn auf den Rücksitz und macht sich auf den Weg zum Bahnhof. Dort parkte er den Wagen im Parkhaus. Seine Reisebuchung beinhaltete den Service sein Fahrzeug bis zur Rückkehr am Sonntag hier parken zu können. Vor der Abfahrt zu Hause suchte er noch einmal das Gespräch mit seiner Frau, doch die machte einen Tagesausflug mit den Kindern und alle Kommunikationsgeräte waren ausgeschaltet. Für den Notfall hinterließ er seine Urlaubsadresse per WhatsApp. Jetzt hieß es, sich schnell noch sein Ticket aus dem Automaten zu ziehen. In zwanzig Minuten fuhr der Zug. Er rutschte mit seinen dicken Fingern auf die falsche Taste und musste alle Angaben noch einmal tätigen. Diesmal klappte es. Es piepte, knarzte, brummte, dann erschien in großen Lettern: Außer Betrieb! Malek blieben nur noch zehn Minuten bis zur Abfahrtszeit des Zuges. Er rannte zum Bahnschalter und fluchte ob der Riesenschlange! Als er endlich an die Reihe kam, war sein Zug weg. Malek ließ sich eine neue Verbindung nebst dazugehörigem Reiseplan geben. Dann setzte er sich in die Wartehalle, da er eine Stunde Zeit hatte. Nicht lange, da gesellten sich zwei junge Männer zu ihm. Aus dem Handy dröhnte laute Musik, ein Rap, wie Malek registrierte. Brabbel, brabbel, nuschel, nuschel, böse Welt und fuck, brabbel, wehr dich und fuck, böse Eltern und fuck, böse Lehrer und fuck, brabbel brabbel und Sex und Alkohol und auf die Fresse und Fuck. Malek war total genervt. Die anscheinend mit den Genen von Lamas ausgestatteten Ghettokidsimitate spuckten alle zwanzig Sekunden im Wechsel auf den Boden. Malek kam fast die Galle hoch. Was für ein kranker Geist wehte durch die Gesellschaft, der so viele junge Menschen nach Aufmerksamkeit und Anerkennung schreien ließ, dass sie bereit waren, jeder unsinnigen Strömung und Mode kritiklos zu folgen und hasserfüllte, menschenverachtende singende Diener des Bösen und deren sinnentleerte Lieder zu ihren Götzen zu machen? Eine Welt voller Lemminge, die von den Medien gelebt wurden. Wie traurig. Doch welche Alternative hat dieses Leben der Jugend zu bieten, fragte er sich und begab sich kopfschüttelnd Richtung Kaffeeautomat. Dort kramte er das letzte Kleingeld aus dem Portemonnaie, drückte die entsprechende Taste und wartete. Es rasselte, dann prasselte der Kaffee in das Auffangbecken, da kein Becher mitgekommen war. Der Strahl war so stark, dass der Kaffee nach außen spritzte, direkt auf seine helle Freizeithose. Genau in der Höhe, in der Inkontinenz ihre sichtbaren Zeichen hinterließ, breitete sich ein hässlicher brauner Fleck aus. So konnte er unmöglich herumlaufen. Noch fünfundzwanzig Minuten bis zur Abfahrt des Zuges. Er machte sich auf, eine Toilette zu suchen, um die Hose zu wechseln. Als Malek endlich die Toilette fand blieben noch fünfzehn Minuten Zeit bis der Zug Richtung Hannover startete. Ohne groß auszuwählen, ergriff er eine Jeanshose und verstaute die beschmutzte Hose in einer Plastiktragetasche. Malek schloss eilig den Koffer, denn langsam wurde es Zeit. Er drückte und drehte den Hebel, doch nichts geschah. Sein Blick fiel auf die Uhr. In sechs Minuten fuhr der Zug. Er sprang hoch, ergriff die Türkante mit beiden Händen und zog sich unter Stöhnen nach oben, dann warf er sein linkes Bein über die Kante, gefolgt vom rechten und ließ sich dann durch den circa einen Meter breiten Spalt zwischen Decke und Türoberkante vor der Toilettentür zu Boden plumpsen. Geschafft, Malek und Probleme lösen waren Zwillinge, dachte er stolz. Dieser Stolz verging ihm rasch. Malek war draußen, der Koffer war drinnen. Schnell versuchte er den umgekehrten Weg des Ausstiegs, doch zu langsam. Als er mit hochrotem Kopf die Treppe hochraste und den Bahnsteig erreichte, sah er gerade noch die Schlusslichter des Zuges um die Ecke verschwinden. Sein Hals war völlig trocken. Er kramte sein Kleingeld heraus und wollte sich ein kühles Getränk aus dem Automaten ziehen. Dieser schluckte das Geld, lieferte aber keine Gegenleistung. Fassungslos starrte Malek auf das seelenlose Gerät. Dann brach sich der ganze Frust dieses Tages bahn. Er trat und hämmerte mit der Faust vor den Automaten und beschimpfte diesen mit unflätigen Worten. Ein Gleis weiter beobachteten zwei Bundespolizisten diese Aktion. Diese nahmen ihn erst einmal mit auf die Wache. Dort musste er seine Taschen leeren. Der Terminzettel mit dem nächsten Termin beim Psychiater lag anklagend auf dem Schreibtisch. Doch Malek durfte ausgiebig den Grund für sein Ausrasten erklären. Als man ihn endlich mitsamt Koffer und einigen Ermahnungen wieder in die Freiheit entließ, war es zu spät, die Urlaubsreise noch anzutreten. Er wollte gar nicht darüber nachdenken, wer dafür gesorgt hatte, dass er nicht eine Woche in Saus und Braus Urlaub machte, denn irgendwie ahnte er die Antwort. Nach Rückgabe der Fahrkarte am Schalter machte er sich auf den Heimweg. Auf der Fahrt zurück zu seiner Wohnung gesellte sich zu Malek wieder einer seiner unheimlichen Begleiter. „Ich bin Zufriedenheit, Malek, ärgere dich nicht," begann er das Gespräch, „du bist bestens versorgt, hungerst nicht, leidest keinen Durst, hast ein Dach über dem Kopf und ein geregeltes Einkommen, besitzt zwei Autos, fährst mindestens einmal im Jahr in Urlaub, bist verkabelt, vernetzt, hast das Ohr am Puls der Zeit. Alles ist selbstverständlich. Schau einmal über den Tellerrand hinaus. Trotz allem kommst du nie zur Ruhe. Immer auf der Suche nach dem nächsten Kick, der eine neue Leere hinterlässt. Woher kommt dieses Gefühl der Leere, welches nach jedem Höhepunkt bleibt? Warum sind die Menschen außen braun gebrannt, dynamisch und fit, innen aber leer, bleich und rastlos? Höre Malek, unter allen Geräuschen der Welt liegt eine Melodie von unglaublicher Schönheit, die nur der hört, der einmal alles ausschaltet und die Antenne auf Gott ausrichtet. Jedes Gebet zu Gott ist eine Option auf Zufriedenheit und wird die Wirkung zeigen, die Gott ihm beimisst. Vergiss deine Seele nicht. Einer jeden ist die Sehnsucht nach wahrem Frieden, Gerechtigkeit und Liebe inne. Ärgere dich nicht über die belanglosen Dinge, die dir heute geschehen sind. Welches Wunder und welche Freude ist dieses Leben für den, der mit offenen Augen durch die Welt geht. Erfreue dich an Gott und seiner großartigen, wunderschönen Schöpfung. Zehn Minuten den Vögeln beim Sonnenaufgang zuzuhören erzählt dir mehr vom Leben und von Gott, als alle Talkshows oder abstumpfenden Unterhaltungssendungen der schönen neuen Medienwelt. Der große Lottogewinn, der berufliche Erfolg, der erste Platz schenkt dir nicht eine Minute mehr an Lebenszeit. Doch du kannst unauslöschliche Spuren der Liebe hinterlassen, wie sie

Jesus uns gepredigt hat. Spuren der Rücksicht, der Zärtlichkeit, der Vergebung, der Nähe, der Hilfe bringen letztendlich mehr Zufriedenheit in dein Leben, als toten Dingen nachzujagen. Dann lernst du das Leben zu begreifen und zu akzeptieren. Du brauchst nicht mehr für deinen Status zu kämpfen, weil es dir egal ist, was die Menschen darüber denken. Auch der Tod verliert seinen Schrecken und behindert dein Leben nicht durch seine angsteinflößende Gegenwart. Wie viel Freude könntest du in die Welt bringen, Malek." Malek hatte still den Ausführungen seines Mitfahrers gelauscht und ließ sie nun auf sich wirken. Erschöpft kam er zu Hause an. Als erstes stornierte er telefonisch bei einer mürrisch reagierenden Dame den Urlaubsaufenthalt. Was war nur mit seinem Leben geschehen. Nichts klappte mehr, alles schien ihn in eine lebensverändernde Richtung ziehen zu wollen ... Auf dem Tisch lag Offermanns Film. Malek legte ihn am Abend in den DVD-Player. Ein Mann saß in einem Büro im Himmel vor einem himmlischen Sachbearbeiter und verlangte Einlass ins Paradies. Das ging aber nur mit 6000 Punkten auf der himmlischen Skala. Der Einlass Begehrende versuchte seine Fehltritte damit zu rechtfertigen, dass doch jeder ein wenig bei der Steuer schummelte, mit dem Nachbarn stritt, fremdging. Aber ansonsten sei er ein guter Mensch. Der Sachbearbeiter erklärte ihm, dass sein Gutsein ihm gerade mal 32 Punkte einbrachte. Dann könne doch niemand ins Paradies kommen, erwiderte der Mann wütend. Doch, erhielt er zur Antwort, derjenige der die Freikarte von Jesus erhielt, die mit 6000 Punkten dotiert sei. Es sei nichts weiter von Nöten, als Jesus im Glauben anzunehmen und ihn in sein Leben zu bitten. Dann passierte Ähnliches, wie es Malek aus eigener Erfahrung mittlerweile zur Genüge kannte. Im Film löste sich der himmlische Sachbearbeiter, etwas von Maleks Erfahrungen abweichend, in Rauch auf. Die Atmosphäre wurde kalt und dunkel. Der verzweifelte Mensch drohte im Nirwana zu verschwinden. Da wechselte die Perspektive und der Protagonist lag in seinem Bett, geweckt von seiner Frau, die einen Albtraum diagnostizierte. Der Mann war heilfroh, im wahrsten Sinne des Wortes. Nachdenklich begab sich

Malek ins Bett und schlief erschöpft von diesem Horrortag ein. Im Traum hatte er einen Wunsch frei. Er wünschte sich, in die Zukunft schauen zu können. Würde er seine Familie wieder zusammenbringen können? Würde seine berufliche Karriere stetig voranschreiten? Würden seine Finanzen für einen sorgenfreien Lebensabend reichen? Auf dem Tisch lag eine Zeitung. Diese schlug er auf. Die täglichen Meldungen der Zukunft unterschieden sich vom Inhalt kaum von denen der Gegenwart. Er blätterte interessiert weiter bis zum Börsenbericht. Seine Augen begannen zu glänzen. Alle seine Aktien befanden sich auf einem unglaublichen Höhenflug. Beruhigt blätterte er weiter. Das Alter konnte kommen. Er kam zur letzten Seite. Die Todesanzeigen. Sein Herz setzte eine Schrecksekunde aus, er blickte auf seine eigene Todesanzeige. Arbeit war sein ganzes Leben, stand über der Anzeige als Überschrift. Das sollte sein ganzes Leben, in fünf Worte gefasst, gewesen sein? Schweißgebadet erwachte er aus diesem Traum. Arbeit war sein ganzes Leben, hallte es in ihm nach. Als er fünfzehn war, hatte er in einem der seltenen tiefergehenden Gespräche mit seinem Vater nach dessen Glauben und seiner Meinung über Jesus Christus gefragt. Sein Vater antwortete daraufhin, dass er nur glaube, was er sehen könne und Liebe gäbe es nicht auf der Welt. Wie weit Jesus mit seinem Geschwafel über Liebe gekommen sei, sähe man daran, dass er ans Kreuz geschlagen worden war. Ende der Durchsage. Doch in Malek regten sich langsam Zweifel. Vielleicht war diese Liebe Jesu doch das Größte im Leben zu Verschenkende. Ein leuchtendes Wesen stand am Fußende seines Bettes: „Ich bin Agape Malek, wenn ich in den verschiedensten Menschensprachen spreche oder Engelssprachen, aber dabei die echte göttliche Liebe nicht besitze, dann bin ich zu einem Stück Erz geworden, das Töne abgibt, oder zu einem Instrument, das nur noch klirrt. Und wenn ich eine prophetische Befähigung habe, die verborgenen Geheimnisse und alle tiefe Erkenntnis weiß und einen Glauben habe, der alles umfasst, sodass ich sogar Berge versetzen kann, aber keine echte Liebe habe, dann bin ich ein Nichts. Und wenn ich mein gesamtes Eigentum zur Armenspeisung verwende und meinen Körper dem

Feuertod übergebe, aber keine Liebe habe, dann wird mir das nichts nützen. Die Liebe hat einen langen Atem, reich an Freundlichkeit ist die Liebe, sie wird nicht vom Neid zerfressen. Diese Liebe ist nicht großtuerisch und plustert sich nicht auf. Sie ist nicht unhöflich und sucht nicht ihren eigenen Vorteil. Sie wird nicht bitter und rechnet auch das Böse nicht an. Sie hat keine Freude an der Ungerechtigkeit, sondern freut sich mit über die Wahrheit. Alles erträgt sie, in allen Umständen vertraut sie, alles hofft sie, alles hält sie aus." Malek war zwar immer noch zweifelnd, aber so beeindruckt von diesen für ihn unbekannten Worten, dass er das Verschwinden der Gestalt kaum noch mitbekam. Das musste er sich schnell notieren. Beim Eintragen in seinen Taschenkalender wurden ihm die Worte noch deutlicher bewusst. Liebe hält alles aus. Er schrieb den Text sinngemäß in einer SMS an seine Frau mit der Bitte um ein Treffen. Malek beschloss, sich eine Bibel zuzulegen. Auf seinem Abreißkalender, ebenfalls von Offermann geschenkt bekommen, hatte als Spruch des Tages gestanden: Deine Wiege und dein Sarg sind aus dem gleichen Holz. Nutze die Zeit! Er würde aufräumen in seinem Leben und neue Prioritäten setzen, beschloss er. Gleich morgen, einen Versuch war es wert. Dann fiel er den Rest der Nacht in einen traumlosen Schlaf. Maleks Frau hatte ihm am folgenden Morgen geantwortet: Toller Text, doch ich glaube dir nicht mehr. Du hast zu viele Chancen vertan. Ich muss noch nachdenken. Melde mich wieder. Besser als gar nichts, dachte Malek. Sein Smartphone schellte und schellte. Es verging trotz Urlaubs kaum eine Viertelstunde, in der nicht irgendwer versuchte, auf diesem Weg Kontakt mit ihm aufzunehmen. Kein Wunder, er war schließlich ein Alphatier in seiner Firma, dachte er stolz. Aber heute konnte er dieses nervige Geklingel, Hupen und Vibrieren kaum ertragen. Er musste unbedingt auf andere Gedanken kommen, schaltete die neue Fessel der Menschheit aus und beschloss vor dem Frühstück eine Runde zu joggen. Nach einer eher kurzen Strecke musste er seinem untrainierten Körper Tribut zollen und ließ sich mit hochrotem Kopf auf eine Bank an einem Fußgänger- und Fahrradweg fallen. Kaum saß er, nahte humpelnd ein anderer Jogger heran und nahm neben Malek auf der Bank Platz. Malek, in Erwartung eines weiteren Boten der unsichtbaren Welt, sprach ihn sofort an: „Und? Leg los, ich höre." Dann registrierte er, dass dieser vermeintliche Himmelsbote Funktionskleidung trug und schloss fast erleichtert daraus, dass es sich um einen echten Jogger aus Fleisch und Blut handelte. Das war ihm echt peinlich. Deshalb legte er sofort nach: „Oh, haben sie sich verletzt?" Erstaunt blickte ihn der junge Mann an: „Nein, danke für ihre fürsorgliche Nachfrage, erlebt man heute selten. Ich laufe so eigenartig, da ich nicht mit dem rechten Fuß auftreten möchte, um den sich unter diesem Schuh befindlichen Hundekot nicht noch fester ins Profil zu drücken. Des Weiteren hat sich meine Multi-Sport-Kardio-GPS-Uhr aufgehängt und ich muss die Daten retten, damit ich sie später auf meinem PC analysieren kann." Malek starrte ihn sprachlos an. Früher benötigte man Laufschuhe und eine Laufstrecke. Mit welcher Naivität hatte er in jungen Jahren Sport getrieben? Der junge Mann entfernte sodann die Bescherung unter der Sohle seines rechten Schuhs unter Zuhilfenahme von Gras und kleinen Zweigen. Dann machte er sich nach kurzem Abschiedsgruß wieder auf den Weg. Sozusagen hinter sich den Hundehaufen, vor sich den Datenhaufen, schmunzelte Malek innerlich. Kaum war er verschwunden, rollte das nächste Hightech - Erlebnis dieses Tages in Form zweier indirekt führerlos sich aufeinander zu bewegender Kinderwagen in seinen Sichtbereich. Indirekt, weil sich zwar zwei junge, sehr junge Mütter, hinter den Kinderwagen befanden, diese jedoch beide damit beschäftigt waren, einhändig den Kinderwagen zu schieben, um mit den Daumen der anderen Hand, den Kopf tief gebeugt, völlig der Welt entrückt, ihre Smartphones zu malträtieren. So sausten sie in Schlangenlinien, wie hypnotisiert den Bildschirm ihrer kleinen technischen Begleiter betrachtend, auf Kollisionskurs aufeinander zu. Das mutmaßliche Katastrophenszenario beobachtend, aber immer auf dem Sprung, es nicht zum Letzten kommen zu lassen, fieberte Malek dem Fortgang des Kinderwagendramas entgegen. Wobei er die beiden nicht einmal hätte warnen können, denn das Wahrnehmen lauter Warnrufe war offensichtlich durch Stöpsel in den Ohren der beiden Protagonistinnen von vorneherein zum Scheitern verurteilt. Da sie durch die Ohrmuschelbeschallung auch die Geräusche aus den Kinderwagen kaum oder nur gedämpft wahrnehmen konnten, wagte Malek es erst gar nicht, sich vorzustellen, was geschah, wenn eines der Babys sich an irgendetwas verschluckte. Es würde wohl, mühsam nach Atem schnappend, das gerade begonnene Leben bereits wieder aushauchen. Als die Zwei noch circa drei Meter voneinander entfernt waren, aber keine der beiden den zu erwartenden Zusammenstoß auf Grund der fast geräuschlosen Räder ihrer Luxusgefährte registrierte, ertönte aus dem rosa Hello-Kitty-Kinderwagen ein ohrenbetäubendes Geschrei, welches die betreffende junge Mutter zwang ihre Augen für Sekunden vom Bildschirm ihres Smartphones zu lösen. Offensichtlich hatte dieses Baby erkannt, dass es heute nicht mehr damit getan war, sich mit einem leisen Wimmern die Aufmerksamkeit der Mutter zu sichern. Sozusagen eine erste, Smartphone bedingte Evolution. Diese Sekunden reichten aber zum Glück aus, um mit einem halsbrecherischen Schwenk dem sich auf Crashkurs befindlichen blauen Bob-der-Baumeister-Kinderwagen auszuweichen. Wortlos, sich böse anblickend, schoben beide, nachdem sie wieder in die Spur gekommen waren, ihres Weges. Wie Malek erkennen konnte, bereits erneut intensiv mit ihren Smartphones beschäftigt. Bestimmt teilten sie nun auf Twitter oder auf einer Beinahezusammenstoßapp oder was immer es an Nichtigkeitsmitteilungsmedien gab, ihre Fast - Katastrophe an diesem sonnigen Nachmittag allen zweihundertfünfzig Freunden mit und verschwanden, kleiner werdend, in der Ferne. Sehnsüchtig erinnerte Malek sich an die gute alte Telefonzelle. Wann waren da schon einmal zwei zusammengestoßen? Niemand wurde damals gezwungen, beim Warten auf den Bus die komplette Zusammenfassung der Handlung von irgendwelchen Doku-Soaps vom Vortag, als Hörbuch in Originalfernsehlänge, so spannend wie Wasser beim Frieren im Winter zuzuschauen, mit anzuhören. Man rannte nicht aufgeregt hin und her, da der Hörer in der Telefonzelle durch die daran befestigte Schnur maximal zwei Meter Spielraum ermöglichte und das Dauergequatsche auch schnell an seine natürlichen Grenzen kam, denn damals kostete das noch richtig viel Geld. Er schaute den beiden jungen Müttern nach und dachte, dass jede Zeit ihre eigenen Gefahren für Kinder hatte. Waren es im Mittelalter die fehlende Hygiene und noch nicht vorhandene Medikamente gegen heute eher als harmlos zu betrachtende Krankheiten, die zu hoher Säuglingssterblichkeit führten, so wird demnächst eventuell das Smartphone die Todesursache Nr. eins für Säuglinge sein. Riesige Geschäftsfelder taten sich vielleicht für seine Firma auf, sinnierte er sarkastisch: Kinderwagen mit Pufferzonen, ABS, ESP oder vorsorglich, wie für den gerade erlebten Fall, Geräte, die akustisch vor einem drohenden Zusammenstoß warnten. Helme für Säuglinge, Winter und Sommerreifen, Schnullersuchsensoren, eine automatische dritte am Kinderwagen angebrachte Roboterhand für einen hinzukommenden noch mitzuführenden Hund, ein dem Prinzip der Rauchmelder nachempfundener Geruchsmelder und so weiter. Kommunikation war nun mal das Geschäft der Neuzeit. Malek unterstellte diesen jungen Müttern nicht, dass sie ihre Kinder nicht heiß und innig liebten. Es war nur wie bei aller überbordender Technik die das Leben vereinfachen soll: Je mehr man davon hat, desto weniger Zeit bleibt für die wirklich wichtigen Dinge im Leben, wie z. B. ein Gespräch von Angesicht zu Angesicht, stellte er resigniert fest. Es gab kein zurück. Aus dieser Story kam die Gesellschaft nicht mehr heraus. Aus dem Mülleimer lugte ein Werbeprospekt eines großen Medienmarktes. Auch dort Smartphone neben Smartphone. UMTS/Quadband GSM, aGPS,HSPA, WLAN802.11 b/g/n, WLAN Hotspot-Funktion, Bluetooth 4.0 mit A2DP, las Malek beim Blick darauf. Blitzartig drängte sich ihm der Gedanke auf, wie es sein konnte, dass er auf seinem Weg zu Kunden unzählige Autofahrer sah, die während der Fahrt fröhlich mit dem Smartphone in der Hand am Ohr telefonierten. Anscheinend waren sie zwar in der Lage, ein derart technisch überfrachtetes Gerät problemlos zu bedienen, hatten aber nicht verstanden, dass man für das Telefonieren mit dem Handy während des Fahrens Punkte bekam, die sich bei PAYBACK nicht in Prämien umwandeln ließen. Wie auch immer. Es gab bereits erste Studien, die belegten, dass Kleinkinder häufig eifersüchtig auf die Smartphones ihrer Eltern waren, weil dem kleinen technischen Begleiter mehr Zeit und Aufmerksamkeit gewidmet wurde als dem kleinen Menschen. Von zwitschernder Fürsorge für den Einzelnen zum belanglosen Twittern mit der Community sozusagen. Ein Bekannter hatte Malek erzählt, er habe in der Zeitung gelesen, dass ein Vater beim einhändigen Zusammenklappen des Kinderwagens ob all des Simsen, Twittern und Mailen vergaß, dass sich das Baby noch im Kinderwagen befand. Jede Innovation beinhaltete Fluch und Segen und so lange der Fluch nicht die Oberhand gewann, musste man sich halt der Zeit anpassen. Obwohl alles letztendlich dem Geschäft diente. Sicher suchte man schon nach weiteren für Verbraucher teuren Lösungen. Die Pharmaindustrie arbeitete vermutlich schon an einer neuen Vierfachimpfe für Säuglinge: Masern-Mumps-Röteln-Smartphone. Doch genug, dachte Malek, hatte ihm nicht einer dieser Typen, die ihn aus der unsichtbaren Welt bedrängten, irgendwas von Splittern und Balken erzählt? „Die größten Kritiker der Elche waren früher selber welche." Dieser Spruch der Schüler- und Studentenrevolte der 60er Jahre fiel Malek aufgrund seiner verurteilenden Gedanken ein. Er sollte damals der Heuchelei Einhalt gebieten und darauf hinweisen, dass die, die etwas besonders stark kritisieren, häufig mit der gleichen Tendenz zu kämpfen haben. Wenn er ehrlich war, gehörte er aufgrund seiner eigenen Mediennutzung genau zu dieser Spezies. Doch die Erfahrungen der letzten Zeit bewirkten ein stetiges Nach- und Umdenken, wie Malek erstaunt feststellte. Seine Prioritäten änderten sich. Aber durfte man als Mensch, der selbst fleißiger Nutzer von Smartphone, PC oder Tablet war, die digitalen Helfer der Neuzeit kritisieren? Wie haben wir früher nur ohne diese vielen elektronischen Helfer leben können, fragte sich Malek. Eilmeldungen ploppten auf, Werbung bedrängte den Konsumenten, drei von vier Wartenden im Bushäuschen starrten in den kleinen Kasten. Jeder musste zu jedem seine Meinung äußern. Im wahrsten Sinne X-beliebig. Manches Mal war es direkt unheimlich, dass dieser unentbehrliche, allgegenwärtige Begleiter namens Smartphone ihm plötzlich Produkte anbot, die er kurz vorher in einem Schaufenster betrachtet hatte. Fluch oder Segen? Wie Unkraut wuchs im Zeiträuberbeet die tägliche Zahl sogenannter „Influencer" und selbsternannter Experten, Heilsbringer und Scharlatane jeglicher Couleur im Internet. In unzähligen Talk-Shows, auf eigenen Homepages, in Videoportalen, Zeitungen und so weiter erklärten sie denen, die gelebt werden wollten, Gott und die Welt. Die Gesellschaft wurde förmlich überflutet. Selbstdarstellung geriet zum Massenphänomen. Wichtigtuer machten ihre Meinung zu einer maßgeblichen. Selbst für Erwachsene war es unmöglich immer zwischen Wahrheit und Lüge zu unterscheiden. Mit den digitalen Werkzeugen konnten in Windeseile Tatsachen gefälscht werden. Noch war der negative Fluch der KI nicht einzuschätzen, doch die dunkle Macht stand lauernd mit in den Startlöchern. Menschen stellten sich dar, wie sie gesehen werden wollten, nicht wie sie waren. Provokationen, die schlichte Gemüter zu unfassbarer Gewalt veranlassten wurden in die Weiten des Internets gestellt. Einzelne ahmten die in Ballerspielen gezeigten Blutbäder in der Realität nach. Der Ruf Unschuldiger wurde zerstört, Wahlen manipuliert. Der gläserne Mensch war Realität. Hinter der Fassade rieben sich gewiefte Geschäftemacher voller Vergnügen über die ihnen blindlings folgenden Anhänger die Hände. Rechtsfreie Räume mutierten zum Tummelplatz für das Böse. Manipulation öffnete man Tür und Tor. Kriminelle Hacker legten ganze Industrien lahm. Der Weg zum digitalen Bedienen des roten Knopfes für Atomwaffen durch Unbefugte wurde kürzer und durfte gar nicht zu Ende gedacht werden. Am gefährdetsten jedoch waren wohl jene, die vertrauensselig den medialen Rattenfängern folgten, die Kinder. TikTok, YouTube, Face-book, Instagram, Telegram hießen die das Verderben bringenden Ver-lockungen der Neuzeit, wenn der Umgang mit ihnen ohne Kontrolle der Eltern stattfand. Den Gebrauch dieser besonders für Kinder faszinieren-den Blendwerke des Realitätsverlustes zu verhindern, würde auch den aufmerksamsten Eltern kaum mehr gelingen, war sich Malek sicher.

Selbstdarstellung, Narzissmus, Lügen, Computerspiele, Pornografie und so weiter, verführten besonders die jungen Menschen dazu, der Sinnentleerung und dem Götzendienst viele Stunden am Tag zu huldigen und aus den schmutzigen Pfützen der Welt zu trinken. Der vermeintliche Segen des Internets wog den Fluch schon längst nicht mehr auf. Grenzen wurde überschritten, Tabus gebrochen. Schein wurde zu Sein. Pädophile Psychopathen nutzten die Arglosigkeit und Unschuld ihrer kleinen Opfer aus. Im täglichen Zusammenleben sanken mehr und mehr die Hemmschwellen. Respektlosigkeit und Fäkalsprache beherrschten die Diskussionskultur. Das Smartphone errang die Hoheit über die Kinderzimmer. Das Gegensteuern konnte nicht an Schule, Verein oder Christengemeinden delegiert werden. Die Eltern mussten den die Hirne der Kinder vergiftenden Gangsta-Rappern, verblendeten Spieledesignern und sonstiger Entmenschlichung die Stirn für ihren Dreck bieten. Deshalb sollten Eltern und Kinder im Gespräch bleiben, dachte Malek, sich seiner Versäumnisse bei den eigenen Kindern schmerzlich bewusst. In Zukunft würde er in Liebe Grenzen setzen, schwor er sich, wenn auch seine Unersetzlichkeit für seine Firma ein Stück weit seine ständige Erreichbarkeit rechtfertigte, dachte er schon wieder voller Stolz. Ohne ihn lief halt so gut wie nichts in seinem Bereich. Malek hatte es fast erwartet. Wie von Geisterhand saß plötzlich ein weiterer Bote der unsichtbaren Welt neben ihm. „Ich bin Weisheit, Malek. Es gab schon einmal jemanden, der glaubte, die Welt kreise, trotz von Gott geschenkter Weisheit, nur um ihn und der am Ende fürchterlich scheiterte. Das war ein unfassbar reicher König in Jerusalem. Salomo war sein Name. Der sagte sich, versuche fröhlich zu sein und das Leben zu genießen. Doch er merkte, dass auch das sinnlos war. Sein Lachen erschien ihm töricht und das ganze Vergnügen! Was half es ihm schon? Da nahm er sich vor, sich mit Wein zu berauschen und so zu leben wie alle. Er wollte herausfinden, was für den Menschen gut ist und ob sie in der kurzen Zeit ihres Lebens irgendwo Glück fanden. Er schaute auf sein bisheriges Leben zurück. Große Dinge hatte er erschaffen. Häuser gebaut, Weinberge und Fruchtbäume aller Art gepflanzt, riesige Ziergärten und Parks und Teiche zum Bewässern aller Bäume und Pflanzen angelegt. Er erwarb Knechte und Mägde zu denen hinzu, die schon seinem Vater dienten und in seinem Haus geboren wurden. Er besaß größere Rinder- und Schafsherden als alle die vor ihm in Jerusalem regiert hatten. Seine Schatzkammern füllte er mit Silber und Gold aus anderen Königreichen. Sänger und Sängerinnen kamen an seinen Hof. Er wurde reicher und berühmter als jeder, der vor ihm in Jerusalem regierte und hielt sich, wie du, für unersetzlich. Doch die Weisheit, die er sich von Gott gewünscht hatte und die Gott ihm schenkte, belehrte ihn eines Besseren. Er glaubte, seine Mühe hätte sich gelohnt. Er war glücklich und zufrieden. Doch dann dachte er darüber nach, wie hart er dafür gearbeitet hatte und erkannte: Alles war letztendlich sinnlos, als hätte er versucht, den Wind einzufangen, denn es gab auf dieser Welt keinen bleibenden Gewinn. Gott gibt den Menschen, die ihm gefallen, Weisheit, Erkenntnis und Freude. Doch wer Gott missachtet, den lässt er sammeln und anhäufen, um dann alles denen zu geben, die er liebt. In das Herz des Menschen hat er den Wunsch gelegt, nach dem zu fragen, was ewig ist. Aber der Mensch kann Gottes Werke nie voll und ganz begreifen. So viel Weisheit steckt in den Erkenntnissen des Königs Salomo, die du in der Bibel findest. Malek, das Fazit, das Salomo zog, lautete: Begegne Gott mit Ehrfurcht und halte seine Gebote! Das gilt für jeden Menschen. Denn Gott wird Gericht halten über alles, was wir tun, sei es gut oder böse, auch wenn es jetzt noch verborgen ist. Auch bei den Menschen gibt es viele Sprichwörter. Das letzte Hemd hat keine Taschen, ein Leichenwagen hat keine Anhängerkupplung, wer seinen Besitz mit beiden Händen festhält, hat keine Hand frei, die Leiter zum Himmel zu erklimmen und so weiter. Doch bei wem fruchten diese Worte?" Schon war Malek wieder allein. Es konnte doch einfach kein Zufall sein, dass Gott ihn in Dauerschleife zutextete, resümierte Malek. Nach so viel geistlichem Input am frühen Morgen beschloss er nach dem Duschen irgendwo frühstücken zu gehen, da er keine Lust hatte, sich selbst ein Frühstück zuzubereiten. Zufall oder weitere Fügung? Kaum hatte er sich vom reichen

Frühstücksbuffet bedient, hörte er Offermanns Stimme neben sich. „Darf ich mich zu Ihnen setzen, hier verbringe ich ab und zu meine Frühstückspause. Heute mit netter Unterhaltung, hoffe ich." Malek wies mit der Hand auf den Platz gegenüber. „Bitte", sagte er. Dann sprudelte es förmlich aus ihm heraus. Offermann war beeindruckt. „Offensichtlich hat Gott mit Ihnen große Pläne. Gott arbeitet an Ihrem Charakter. Ich lade sie gerne am Sonntag in unsere Gemeinde ein. Hier ist ein Flyer mit den Zeiten unserer Gemeindeveranstaltungen. Dann können wir uns einmal länger unterhalten. Jetzt muss ich leider los. Und noch etwas, ich glaube Ihnen jedes Wort, denn bei Gott ist nichts unmöglich. Bis Sonntag hoffentlich." Kurz vor dem Beginn des Sonntagsgottesdiensts huschte Malek schnell noch in die letzte Bank von Offermanns Gemeinde. Er beobachtete wie ein älterer Mann schweren Schrittes nach vorne ging und sein Zeugnis als Mahnung für die jungen Menschen geben wollte, wie er sich ausdrückte. Dann begann er zu erzählen: „Liebe junge Geschwister, jetzt, da der Rest meines Lebens wohl kürzer sein wird als die hinter mir liegende Zeit, möchte ich euch über ein Land berichten, in dem ich lange lebte. Ich wünschte, mir hätte damals jemand in Liebe vorausschauend davon erzählt. Das Land heißt Niemandsland. Dort bin ich geboren und groß geworden. Ich erzähle euch davon, um euch vor dem Weg dahin zu bewahren. Dieses Land schien das Schlaraffenland zu sein. Dort lebte ich als renitentes Menschenkind, welches hinter den Masken der Welt nicht die Gottlosigkeit erkannte und selbst eine solche Maske trug. Doch irgendwann stellte ich fest, es war das Land der Verlassenheit, der Lieblosigkeit, der Ersatzbefriedigung, der Verzweiflung, der leeren Versprechungen, des Lügens, der Verlockungen und der Sinnentleerung. Niemand fängt euch dort auf, wenn ihr strauchelt. Niemand sagt euch, dass mit eurem ersten Atemzug eure Lebenszeit abläuft. Niemand zeigt euch die Sinnlosigkeitstäler hinter den Konsumbergen. Niemand erzählt euch von den Mühen und den Leiden des Alters. Niemand zeigt euch, wohin der Lebensweg euch letztendlich führt. Damit möchte ich die Bewohner nicht verurteilen oder beurteilen, denn niemand zeigt ihnen den Weg zu

Jesus Christus, der in der dortigen Gesellschaft als asketische Spaßbremse dargestellt wird. Doch er ist genau das Gegenteil. Im Niemandsland seid ihr angesehen, wenn es euch gelingt, euch selbst bestmöglich darzustellen. Ihr müsst zu allem eine den Bewohnern genehme Meinung haben, denn Toleranz ist das abstumpfende, alles überdeckende Zauberwort. Alt werden spielt dort keine Rolle. Ihr müsst jung und dynamisch sein. Kalte Technik berät euch darüber, wie ihr eure Körper dementsprechend trainiert und fordert euch zu Leistungssteigerungen heraus. Durch viele kleine elektronische Helfer gewinnt ihr vermeintlich viel Zeit, doch der Gewinn ist kein Gewinn, denn euch bleibt keine Zeit, um über den Sinn des Lebens nachzudenken. Irgendwann kreisen die meisten Bewohner des Niemandslandes nur noch um sich selbst in ihrem kleinen Smartphone-Kosmos und um die Erfüllung ihrer eigenen Wünsche. Das Leben verliert seinen Sinn und der Mensch macht Nichtigkeiten zum Lebensziel. Der von Gott bei der Geburt in die Seele gelegte Reichtum ist aufgezehrt. Am letzten Tag ist das Seelenkonto leer. Der Verblender hat sein Ziel erreicht: Ablenkung vom wahren Menschsein nach Gottes Plan. Die Liebe zu Gott und den Nächsten wird verschüttet unter dem Schutt der Ellbogengesellschaft. Doch jeder, der dann die Gottesferne spürt, muss auch schon einmal seine Nähe erfahren haben, denn Gott geht ein Leben lang jedem Menschenkind bis zum letzten Atemzug nach. Es geht aber auch immer ein bleicher Geselle mit einer Sanduhr in der Knochenhand nebenher. Er bietet im schlimmsten Fall enthemmende Dinge an, die den Menschen noch schneller in sein Reich bringen, im Niemandsland jedoch als erstrebenswert und freimachend angeboten werden. Viele trinken jedes Wochenende aus der berauschenden Alkoholquelle des Niemandslandes oder betäuben sich, mittlerweile legal, mit Marihuana, flüchten vor der Realität durch bunte Pillen, Spritzen und weißem Pulver, um das Loch in der Seele zu füllen und erwachen morgens im Jammertal. Im Niemandsland verbringen die Menschen ihre Zeit damit, sich ein Leben lang gegen alles abzusichern, außer dem Seelenheil. Die Götter dieses Landes treten gegen Bälle, kreisen in schnellen Autos in der Runde und stehen singend auf Bühnen. Trägst du nicht die richtige Kleidung, verachtet und meidet man dich. Hast du nicht das hippe Kommunikationsgerät, das beste Fortbewegungsmittel oder eine prunkvolle Wohnstätte, zweifelt man an deinem menschlichen Wert. Dort wird der Ehrliche dumm genannt, der Hilfsbereite beschimpft, der Schwache verdrängt. Die Zeit verrinnt ins Bodenlose. Von morgens bis abends hörst du: Kauf mich, konsumiere mich, du brauchst mich, sei schneller, sei Erster, sei reicher, sei schöner, sei besser, sei erfolgreicher, sei perfekt, sei ein Star. Irgendwann, junger Mensch, werden die ahnungslosen Geschöpfe dort voller Verzweiflung den Verfall ihres Körpers registrieren und den Hunger der Seele bemerken. Sie haben alles und doch nichts, sie sind satt und doch leer, sie haben genug, doch es genügt nicht, sie suchen und finden nicht. Sie haben geglaubt, was die Medien, mächtige Organisationen, Firmen und viele tyrannische Machthaber ihnen in Worten, Bildern und Filmen als Leben vorgegaukelt haben. Kindheit vergeht, Jugend vergeht, Besitz vergeht, der Körper vergeht. In der letzten Stunde des Lebens seid ihr im Niemandsland verzweifelte Sinnsucher und der, der die ganze Zeit wartend neben euch ging, reibt sich die knochigen Hände. Als ich das Niemandsland verließ, schenkte mir Jesus Zufriedenheit statt Jagd nach dem nächsten Kick, Besinnung statt endlos aneinander gereihter Events und echte Liebe statt twitternder Community und Fake-News. Verstaubt in den Kellerregalen, oder unbeachtet auf den Dachböden der Häuser findet man nämlich oft ein Buch, dass die Mauern von Niemandsland sprengt, die Ketten zerreißt, die Seele nährt, die Augen für die Wahrheit öffnet, das Leben mit Sinn erfüllt. Ein Buch, welches auf den hinweist, der aus dem Niemandsland befreit. Ihr jungen Menschen, dieses Buch, die Bibel, zeigt euch den Weg aus diesem Land oder besser noch, lässt euch erst gar nicht dorthin kommen. Dieses Buch weist auf jenen hin, der über den Sensenmann lacht und ihm ewiges Leben entgegensetzt. Jesus Christus nimmt dem Tod seinen Stachel. Er hält euch, er trägt euch, er befreit euch, er bleibt bei euch, wenn alle gegangen sind, er empfängt euch in der letzten Stunde mit offenen Armen in dem Haus, in dem er für die, die an ihn glauben, schon eine Wohnung vorbereitet hat. Er starb für euch am Kreuz und nahm alle Schuld und allen Schmutz auf sich. Weder der geliebte Partner noch gute Freunde können den letzten Weg mit euch gehen. Doch Jesus bleibt an eurer Seite. Wer ihm folgt, freut sich über jeden Tag und erkennt im Nächsten Gottes Ebenbild. Ihr werdet beschenkt ohne Gegenleistung. Ihr erfahrt Vergebung und lernt, das Vergeben frei macht. Er öffnet euch die Augen für die Not und das Elend der Ärmsten. Er macht kalte Herzen warm durch seinen uns hinterlassenen Heiligen Geist. Er nimmt die winzigen Sandkörner des menschlichen Wissens und formt sie zu Erkenntnis, die der wiedergeborene, glaubende Mensch verstehen kann. Ihr jungen Menschen, wenn ihr im Niemandsland seid oder glaubt, euch dorthin auf den Weg machen zu müssen, dann kommt zurück oder kehrt um. Meine Worte richten sich nicht gegen technischen Fortschritt, doch Sinn ergibt dieser Fortschritt nur, wenn er das Gute in der Welt fördert. Die Worte richten sich nicht gegen Genuss. Doch Maß zu halten ist echter Genuss nach Gottes Willen. Besucht die Länder dieser Erde, pflegt Freundschaften, genießt Kunst und Musik, praktiziert Hobbys, feiert Feste mit Menschen, die wie ihr, Jesus lieben. Seid authentische Zeugen, knüpft Kontakte, damit ihr viele Niemandslandbewohner erreicht, um ihnen die frohe Botschaft zu bringen. Alle Errungenschaften der Menschheit sind das, was Gott uns Menschen gebietet: Macht euch die Erde untertan. Doch immer unter dem Aspekt, welchem Ziel der Mensch das unterordnet und ob es im Sinne Gottes ist. Seid Licht in dieser Welt. Was ihr tut führt aus, als tätet ihr es für Gott, in der Freizeit und an der Arbeitsstätte, in der Schule und wo auch immer. Alle Geschenke Gottes, eure Talente und Gaben, die ihr nicht zu seiner Ehre nutzt und nach eurem eigenen Willen zweckentfremdet, führen ins Nichts. Ich, der auf dem besten Weg war, im Sumpf von Niemandsland zu versinken, kann bezeugen, Jesus macht frei, bringt Frieden in euer Leben, schenkt euch Geborgenheit und ein liebendes Herz, gibt euch eine Antwort auf Leid und Trauer. Einige werden dem hier Geschilderten misstrauen, da es zu euphorisch erscheint. Aber jeder, der selbst Leid in seinem Leben kennenlernte, weiß, wovon ich rede. Manchmal trifft man Menschen, die trotz kaum auszuhaltender Schicksalsschläge, wie zum Beispiel dem Tod eines geliebten Kindes, durch die stille Gegenwart Gottes Trost in der Trauer erfuhren. Kann man ihnen im Angesicht einer solchen Tragödie Einbildung oder Lebensflucht unterstellen? Meine jungen Geschwister, auch ihr werdet immer wieder an Grenzen kommen, doch Jesus winkt euch durch. Schenkt ihm euer Leben. Sucht Gleichgesinnte und werdet als seine Jünger eine Oase in der Gesellschaft. Schwärmt aus, um zu erretten. Euer Weg mit Jesus führt nicht in die Ungewissheit, sondern, wie er verspricht, in die ewige Herrlichkeit, die für seine Nachfolger bereits jetzt und hier angebrochen ist. Wenn dieser Weg auch steinig und manchmal steil sein wird und ihr oftmals von ihm abkommt, zeigt euch das Kreuz immer die Richtung. Verliert es nie aus den Augen. Holt das verstaubte heilige Buch aus dem Regal, lasst euch nicht davon abhalten es zu lesen und das Gelesene zu befolgen, wenn auch der Herrscher dieser Welt dann euer größter Feind sein wird und immer wieder sein trügerisches, angeblich Glück verheißendes Gift in eure Lebenswasser tröpfeln lässt. Jesus ist das lebendige, reine, klare Wasser. Trinkt es 24/7. Genießt die Schönheiten dieser Erde. Genießt den Frieden und die Liebe, die euch Jesus schenkt und widersteht den Zeit- und Seelenräubern. Alles ist einmalig, nicht wieder zurückzubringen. Seid gottesfürchtig und nicht voller Menschenfurcht. Jagt nicht nach Ruhm, Anerkennung, Besitz und Geld. Jesus genügt. Er ist der lebendige Gott. Der „ICH BIN". Ich kann bezeugen, wer Jesus in sein Leben bittet bekommt Freiheit, weil er Mensch ist, wie Gott ihn meinte. Die Last der Schuld wird ihm von der Seele genommen und Vergebung wird ihm geschenkt ohne Gegenleistung. Ein Frieden zieht in die Seele, der mit Worten nicht zu beschreiben ist. Trost erfolgt zur rechten Zeit, sowie oftmals Hilfe von unerwarteter Seite. Liebe, die Menschen nicht geben können, verwandelt das Herz. Leben ergibt Sinn und Licht leuchtet, wo Dunkelheit war. Ein Rat zum Schluss: Haltet trotz des Ungestümen eurer Jugend ab und zu inne und lauscht auf das leise Rufen Gottes. Vielleicht hat er genau für euch eine große Aufgabe vorgesehen, für die er euch zurüsten möchte. Gott beruft nicht immer nur die Begabten, sondern er begabt vorrangig die Berufenen. Das menschliche Leben ist kein Wettbewerb um die größten Fleischtöpfe, sondern in allen seinen Nuancen zwischen himmelhoch jauchzend und zu Tode betrübt ein hinwachsen zu Jesus für den, der ihm voller Vertrauen bedingungslos sein Leben in die Hände legt. Ich fand bisher in meinem Leben nichts Besseres auf der Erde." Malek liefen die Tränen über die Wangen. War nicht auch er ein lebenslanger Mitläufer des Niemandslandes? Aus Scham darüber, dass er als erwachsener Mensch weinte, verließ er schnellstens den Gottesdienst. Die Worte des alten Mannes hatten ihn so direkt ins Herz getroffen, als wären sie nur für ihn gesagt worden. Sollte es diesen Gott tatsächlich geben? Nachdenklich und halbwegs erholt erschien Malek am Montagmorgen wieder an seinem Arbeitsplatz, wo ihn der tägliche Trott rasch wieder ins Hamsterrad der Welt drängte. Nachdem er die Post gesichtet hatte, wollte er die während der Woche eingegangenen Mails anschauen. Offermann hatte ihm eine Mail gesandt. Malek öffnete sie: Guten Morgen Malek, schön, dass sie gestern im Gottesdienst waren, habe sie kurz gesehen, sie waren dann aber plötzlich verschwunden. Musste gestern an sie denken, als ich in einem Buch über die Schöpfung las. Weil ich weiß, dass sie ein logisch denkender Mensch sind, möchte ich ihnen ein paar Gedanken über die wunderbare Schöpfung Gottes für die Mittagspause senden, anhand denen jeder intelligente Mensch die Existenz eines Schöpfers erkennen müsste. In der Bibel schreibt Paulus unter anderem: *Seit Erschaffung der Welt wird Gottes unsichtbare Wirklichkeit an den Werken der Schöpfung mit der Vernunft wahrgenommen, seine ewige Macht und Gottheit.* Wer mit offenen Augen durch die Natur geht, der wird dem nichts hinzuzufügen haben. Wem die Muße ermöglicht, eine Taube beim Nestbau zu beobachten, der wird das zum Beispiel schon an diesem zielgerichteten Schauspiel erkennen können. Aufgeregt den Kopf hin- und herbewegend wird jeder Zweig begutachtet, getestet und bei Bestehen der Endkontrolle für den Nestbau freigegeben und zum Bauplatz transportiert. Jeder vernünftige

Mensch muss sich doch fragen, woher bekommt die Taube die Information für den erfolgreichen Nestbau? Woher die Vorgaben für die dementsprechenden Zweige und so weiter? Wirklich nur Zufall? Wie winzig ist unsere Erde im Weltraum. Wie ein Sandkorn und doch dem Schöpfer so wichtig, dass er uns alles zum Besten bereitet hat. Der gesamte Kreislauf der Natur greift genial ineinander. Alle Bedingungen sind erfüllt, um uns Menschen Leben auf der Erde zu ermöglichen. Immer wieder wird das mit Zufall erklärt. Wäre es dann nicht so, als würde jemand ein Puzzle mit Milliarden von Teilen in die Höhe werfen und diese Stücke würden beim Erreichen des Bodens ein wunderbares, klar erkennbares Bild ergeben? Unser Universum soll vor 13,7 Milliarden Jahren durch einen Urknall entstanden sein. Ein mittlerweile verstorbener Physiker, für viele schlechthin die wissenschaftliche Koryphäe unserer Zeit, behauptet, dass alles durch eine „spontane Schöpfung" entstand. Wir benötigten deshalb keinen Schöpfer. Ein Atheist, ein Professor an der Western Michigan Universität, sagt, dass es vernünftig sei, daran zu glauben, dass wir aus dem Nichts, durch nichts und für nichts gekommen sind. Die sich daraus ergebenden ethisch-moralischen Fragen dazu würden den Rahmen sprengen. Betrachten wir also nur einmal die Schöpfung. Wenn dieser Professor allein naturwissenschaftlich betrachtet recht haben sollte, stellt sich dann nicht automatisch die nächste Frage? Wenn also alles aus dem Nichts entstand, wieso finde ich bei meiner Heimkehr von meiner Gemeinde nicht auch heute noch ab und zu irgendetwas zu Hause vor, was plötzlich aus dem Nichts entstand? Einen Elefanten im Wohnzimmer zum Beispiel oder im besten Fall einen Seerosenteich im Garten? Wenn Leben sich aus Sternenstaub entwickelte und sich daraus der unfassbar intelligent konzipierte Mensch bildete, bleibt die Frage, warum das heute nicht mehr geschieht? Stellen wir uns einmal vor, das große Eingangstor einer Autofabrik öffnet sich und es gibt einen Knall. Tausende Einzelteile eines Autos schöpfen sich plötzlich und fliegen aus dem Nichts kommend in die Fabrik. Am Ausgangstor der Fabrik steht ohne jedwedes Zutun eines intelligenten Ingenieurs oder der Facharbeiter, die das Auto zusammenschraubten, ein fertiges Auto, welches perfekt funktioniert und allen Gesetzmäßigkeiten der sinnvollen Nutzung Genüge tut. Ein hämisches Lächeln erntet in unserer Gesellschaft eher der, welcher bezweifelt, dass unsere Erde mit allen ihren Wundern und den ineinandergreifenden, zwingend erforderlichen Gesetzmäßigkeiten für das Überleben, dass jeder einzelne wunderbare Mensch, jedes Lebewesen, jede Pflanze aus dem Nichts entstand und alles dem Zufall geschuldet sein soll. Für jeden logisch denkenden Menschen weisen jedoch die Indizien eindeutig auf den Gott der Bibel hin. Das unterstreicht zum Beispiel Lee Strobel, ehemaliger Atheist, heute Christ und Autor vieler christlicher Bücher, in seinem Werk *„Indizien für einen Schöpfer" auf eindrucksvolle Weise. Das sei ihnen im Übrigen wärmstens empfohlen. Dort ist zu lesen, dass Glaube und Naturwissenschaft sehr wohl Hand in Hand gehen können. Naturwissenschaft kann zwar vieles beschreiben, aber nicht alles erklären. Strobel fragt in diesem Buch, entstand alles aus dem Nichts? Kann nichtlebendes Leben erzeugen? Kann aus Zufall Feinabstimmung entstehen, aus Chaos Information, aus Nichtbewusstsein Bewusstsein? Kann Unlogik Logik hervorbringen? Nie werden alle Rätsel dieser Welt von Menschen entschlüsselt werden. Nie werden die Fragen nach woher, wohin und warum hier auf Erden ganz beantwortet werden. Gleichwie du nicht weißt, welchen Weg der Wind nimmt und wie die Gebeine im Mutterleibe bereitet werden, so kannst du auch Gottes Tun nicht wissen, der alles wirkt, heißt es in der Bibel. Alles von Menschenhand bleibt Stückwerk. Ab und an lässt uns Gott einen kurzen Blick auf die Geheimnisse der Schöpfung erhaschen, aber mehr nicht. Leo Tolstoi sagte einst so wahr: „Wir können nur wissen, dass wir nichts wissen. Und das ist das höchste Maß an menschlicher Weisheit." Verzweifelt versuchen Forscher den Weg zum ewigen Leben zu finden. Die Antwort liegt dabei so nah. Aber es bereitet den Menschen unerklärliche Angst, sie anzunehmen. *„Wer an mich glaubt, der hat das ewige Leben,"* spricht Jesus Christus.

*Indizien für einen Schöpfer" von Lee Strobel, erschienen als Neuauflage 2023 bei Gerth Medien

Er nimmt die Unzufriedenheit einer von materiellen Werten übersättigten Zeit durch seine Botschaft von uns. Er nimmt die Ohnmacht vor dem Alter und vor dem Tod durch seine Versprechen von uns. Er führt das Ungestüme der Jugend durch seine Anleitungen in die richtigen Bahnen. Er ist durch sein Wort Vater, Sohn, Bruder, Freund und Seelsorger. Er hat immer Zeit, Rat und Hilfe. Welche Macht ist an der Arbeit, dass so viele Menschen sich vor seinen Wahrheiten verschließen und lieber an ein Entstehen der Welt aus dem Nichts als an einen wunderbaren, liebenden Schöpfer glauben? Malek, laden sie Jesus in ihr Leben ein und er kommt ohne jede Bedingung. Dann wissen sie, woher sie kommen, was der Sinn des Lebens ist und wohin sie gehen. Wir beten für sie, dass sie zu ihm finden. Liebe Grüße, Offermann. Zu viel Stoff für einen Montagmorgen, darüber würde er später nachdenken, beschloss Malek. Ihm rauchte der Kopf ob all der vielen Weisheiten. Ein wenig Ablenkung von diesen schwierigen Denkprozessen würde ihm den Morgen bestimmt ein wenig entzerren und den Kopf frei machen, dachte er und rief eine schmierige Seite im Internet auf. Sofort erschien auf dem Bildschirm ein einschlägiges Bild. Er wollte gerade einen ausgiebigen Blick darauf werfen, als seine Sekretärin anklopfte. Schnell versuchte er, das Bild verschwinden zu lassen. Es blieb unerklärlicherweise wie eingebrannt auf dem Bildschirm. „Moment", rief Malek, doch zu spät. Er drückte auf den Ausschaltknopf des Computers und bemerkte voller Scham, dass das Bild nicht vom Bildschirm verschwand. Rasch riss er den Stecker des PCs aus der Steckdose und zweifelte an seinem Verstand. Das Bild blieb. Seine Mitarbeiterin kam um den Schreibtisch herum, um ihm einige Arbeitsunterlagen zu überreichen. Malek war aufgesprungen und versuchte so gut es ging, das Bild auf dem Monitor mit seinem breiten Rücken zu verdecken. „Was ist nur mit Ihnen los?", fragte Frau Henerkes „sie sind in letzter Zeit sehr eigenartig." Malek stierte sie mit schamgerötetem Gesicht an. Sie drückte ihm die Unterlagen in die Hand, schaute ihn kurz an, schüttelte den Kopf, drehte sich abrupt auf dem Absatz und rauschte hinaus. „Ich bin Licht, Malek. Alles, was im Dunkeln versteckt gehalten werden soll, kommt doch irgendwann ans Licht. Alles was geheim ist, wird öffentlich bekannt werden. Wer Ohren hat zu hören, der soll genau zuhören. Achte genau darauf, womit du dich beschäftigst. Das Maß, mit dem du andere misst, wird auch bei dir angewendet werden und es wird dir noch mehr dazugegeben werden. Denn es ist so: Dem, der etwas hat, wird noch dazugegeben werden. Und dem, der nichts hat, wird auch das noch weggenommen werden, was er hat …" Der Typ, der Malek erschienen war, löste sich in Luft auf. Malek drehte sich um. Der Bildschirm war dunkel. Er musste raus an die frische Luft. Im Fahrstuhl traf er wieder auf Offermann. „Wollte gerade zum Mittagstisch, kommen Sie doch mit, Herr Malek", begrüßte Offermann ihn. Malek nahm die Einladung an und begab sich mit Offermann in ein kleines Lokal, welches für faire Preise und gute Qualität bekannt war. Er bestellte sich aber nur einen Milchkaffee, denn nach Essen stand ihm nicht der Sinn. „Offermann", begann Malek das Gespräch, „es nimmt kein Ende. Die Typen kommen und gehen wann es ihnen beliebt und erscheinen immer im ungünstigsten Augenblick. Ich bin nicht verrückt und ich glaube, es sind Engel oder Boten von Gott, die mich verfolgen." „Eindeutig", antwortete Offermann, „sie sind zwar für mich der Erste, den ich kenne, dem Gott so offensichtlich nachgeht, doch die Worte Ihrer Erscheinungen sind zum größten Teil Worte der Bibel. Mein Zeugnis ist zwar unspektakulärer, doch der individuelle Weg Gottes mit mir. Auch ich habe lange gebraucht, um das wirklich Wichtige und Wahre im Leben zu erkennen, da mir meine damalige Glaubensgemeinschaft keinerlei Hinweise auf die Erlösung durch Jesus Christus gab. Deren bis heute anhaltender Heiligen- Marien- und Reliquienkult unterscheidet sich kaum von den religiösen Kulten der Naturvölker. Seitdem ich den wahren Glauben fand, bin ich ein neuer Mensch. Sie und Ihre Frau werden in hundert Jahren bereits vergangen und Schnee von gestern sein. Die Pokale und Urkunden, die Sie gewonnen haben, ihre Zeugnisse, ihre beruflichen Erfolge werden niemanden mehr interessieren. Ihr Name wird in Vergessenheit geraten. Ihr Besitz wird anderen gehören, was Sie gesagt haben, wird niemand mehr kratzen, selbst wenn Sie ein

Schriftsteller gewesen wären, wird Ihre Bücher kaum noch jemand lesen. Sie haben ihr Leben mit Fernsehen, Sport, Arbeit, Hobbys und der Jagd nach Ehre, Anerkennung, Jugend und Unsterblichkeit zugebracht, wie ein großer Teil unserer Gesellschaft, der nicht alt werden will und das Sterben weit von sich schiebt. Noch ein größeres Haus, noch ein schnelleres Auto, noch ein teurerer Urlaub. Manche lassen sich sogar operieren um jünger zu erscheinen, um im besten Fall auch nur jung aussehend im Sarg zu liegen. Viele betäuben ihre Lebens- und Todesangst mit Süchten aller Art und ahnen nicht, dass sie hinter all diesem Hetzen und Streben nach dem wahren Sinn des Lebens suchen. Sie haben doch die Predigt am Sonntag gehört. So viel unnütz vergeudete Zeit macht Gott traurig. Auf einmal aber gehen die Lichter aus. Und Sie können sicher sein, dann muss jeder Mensch Rechenschaft über sein Leben vor Gott ablegen. Das will in unserer Spaßgesellschaft natürlich niemand hören, aber es ist definitiv so, auch wenn es kaum noch von einer Kanzel gepredigt wird. Sie werden die Frage beantworten müssen, warum sie Gott ignorierten? Ob sie ihre Kinder und ihre Geschwister, egal ob verwandt, bekannt oder fremd auf den rettenden Weg brachten und ihnen vom einzigen Retter, Jesus, erzählt haben? Die, die von Gott wussten und auf diese Fragen keine Antworten geben können, werden in ewiger Dunkelheit verschwinden. Die aber, die ihr Leben Jesus Christus anvertraut haben, werden ins Himmelreich eingehen, denn Gott fordert nicht zweimal die bei ihm gemachten Schulden ein. Jesus hat bezahlt und basta. Gott wird nicht eher ruhen, bis jeder Mensch von Jesus Christus erfahren hat und jeder kann sich für oder gegen ihn entscheiden, doch diese Entscheidung bringt Paradies oder Hölle, es gibt nicht ein wenig oder jein oder vielleicht. Der christliche Schriftsteller C. S. Lewis hat es auf den Punkt gebracht, er sagt: Am Ende werden nur zwei Gruppen von Menschen vor Gott stehen - jene, die zu Gott sagen: „Dein Wille geschehe", und jene, zu denen Gott sagt: „Dein Wille geschehe". Alle, die in der Hölle sind, haben sie sich erwählt. Ohne diese Selbstwahl könnten sie nicht in der Hölle sein. Keine Seele, die ernstlich und inständig an Jesus glaubt, geht verloren.

Aber das, was Ihnen jetzt nach meinen Worten vielleicht Angst bereitet, macht sie frei, versprochen. Sie sind nicht mehr abhängig von Moden, von Strömungen, von gesellschaftlichen Zwängen, nein, wenn Sie Jesus folgen, sendet er Ihnen den Helfer, den Heiligen Geist, der Rat gibt. Ich habe es selbst anfangs nicht geglaubt und es gibt auch keinen Knall und alles wird gut. Christen erleben weiterhin Leid und Verlust, denn sie leben in dieser Welt. Doch sie sind gewiss, dass Gott sie immer trägt. Selbst die, die irgendwann zweifeln, wissen nie, wie sie einen Schicksalsschlag ohne Gott ausgehalten hätten, denn sie erfahren es ja erst nach dem Tod, wie Gott sie da getragen hat. Ich weiß Malek, schwerer Tobak, aber machen sie den Versuch, warten sie nicht zu lange, denn jede Stunde kann die letzte sein. Ich war wie sie, Malek, meine Kinder kannte ich nur schlafend. Arbeit, Erfolg, Reichtum, Ehre und Anerkennung bei den Menschen, das waren meine Ziele. Kinder aber brauchen einen Vater, der ihnen die Liebe des Vaters im Himmel vermittelt, der sie nicht mit Materiellem zudeckt, sondern der sie in die Arme nimmt, ihnen Zeit schenkt und vorlebt, was Jesus uns vorgelebt hat. Schau dir nur die vielen verlorenen Kinder und Jugendlichen in unserem Land an. Jedes Wochenende Party. Komasaufen, am PC zocken, Konsum bis zum Abwinken, Handy, Internet, Mode. Jeder träumt davon ein Superstar zu werden. Das sind die Werte, die ein Großteil der Eltern den Kindern heute mit auf den Weg geben, weil sie das, selbst verblendet, ebenfalls für das Wichtigste im Leben halten. Doch frage die Kinder nicht, was sie haben möchten, sondern sage ihnen, dass du sie liebst, sonst haben sie volle Hände, aber leere Herzen. Der Blick für das wirklich Wichtige im Leben geht ihnen durch materielle Wunscherfüllung vollkommen verloren. Doch beim ersten kleinen existenziellen Sturm - keine Antwort, keine Zeit, weder von den Eltern noch von den genauso hilflosen Freunden. Also holen sie sich Hilfe von YouTube oder Tiktok und den tausenden von Influencern, diesen Scheinriesen der Medienwelt und leben nicht, sondern werden gelebt. Wir tragen die Verantwortung, diese jungen Menschen zu Jesus zu führen. Mensch Malek, du bist Vater, vielleicht irgendwann Großvater, was willst du weitergeben? Jesus sagt: *„Lasst die Kinder zu mir kommen. Wenn aber jemand einen von diesen Kleinen, die ihr Vertrauen auf mich setzen, dazu bringt, Unrecht zu tun, für den wäre es besser, wenn ein Mühlstein um seinen Hals gehängt und er an der tiefsten Stelle des Meeres versenkt würde.“* Verleiten wir nicht unsere Kinder durch den Schund, der Tag für Tag, besonders durch die Medien auf sie einwirkt, zu einem Leben wider Gottes Gebote? Wobei immer zu betonen ist, diese Gebote machen den Menschen frei von allen Menschenzwängen. Wie können wird das Unrecht begehen, dass wir ihnen nicht von Jesus erzählen und sie somit sehenden Auges in ihr Verderben laufen lassen. Der Satan hat große Freude an allem, was heute den Menschen als wichtig und erstrebenswert verkauft wird, denn das treibt ihm die Menschen förmlich in die Arme. Wie bei dir hat sich auch bei mir damals die alle Menschen beschäftigende Frage nach dem Sinn des Lebens gestellt. Esoterische Bücher, Buddhafiguren in der ganzen Wohnung, Feng-Shui, Lichtarbeit, Traumfänger, Tarotkarten, irgendwelche Adlerfedern am Autospiegel im Innenraum, um die universelle Kraft anzuzapfen, ich habe allen Blödsinn mitgemacht, um mit den Kräften des Universums in Verbindung zu treten. Doch über Jesus, den einzigen Weg und Mittler zu Gott, erfuhr ich, trotz Mitglied einer christlichen Denomination zu sein, nichts. Er ist der Weg. Ohne Umwege, Mittler, Ablasshandel, tausende Rituale und Kettengebete oder Schulden tilgende gute Taten, Punkt. Einmal gezahlt, ewig erlöst, Gnade halt, nichts kann der Mensch dazu beisteuern, als Jesus sein Leben in die Hände zu legen. Niemand geht doch zum Bauern und bittet ihn, Samen in die Erde zu stecken oder zum Müller, um ihn zu bitten, aus dem Getreide Mehl zu machen, wenn er beim Bäcker ein Brot kaufen will. Er geht direkt zum Bäcker. So ist es mit Jesus. Nur er ist der Weg zum Paradies. Doch ich war damals blind und habe den Worten und Auslegungen meiner Denomination und vieler Gelehrter geglaubt. Nur bei dem einzig wahren Retter, Jesus Christus, hat der Satan es immer geschafft, dass ich auf Distanz zu ihm war und die Botschaft seiner bedingungslosen Gnade nicht verstand, bis ich einen authentischen

Christen kennenlernte, der mich liebevoll aber hartnäckig zu einer Evangelisationsveranstaltung einlud. Ich spürte dort endlich, diese frohe Botschaft macht frei von vielen menschengemachten Zwängen. Leben sie weiter so wie bisher, Malek, dann werden sie verdursten, trotz aller angeblichen Erfrischungen, die eine heuchlerische Welt ihnen bietet. Ich möchte ihnen eine weitere Geschichte aus einer Predigt in unserer Gemeinde erzählen, um ihnen ein wenig Kopfkino für den Nachmittag mitzugeben. Die Menschen heute sind wie der Wanderer, der sich in der Wüste verirrt hatte. Völlig orientierungslos, der brütenden Hitze ausgesetzt stolperte er im Kreis. Unbarmherzig brannte die Sonne auf ihn herab. Auf seiner Odyssee im Meer des Todes erblickte er plötzlich zu seinem Erstaunen mit bereits fiebrig glänzenden Augen einen Brunnen. Auf den ersten Blick glaubte er, einer Fata Morgana aufgesessen zu sein, doch als er näherkam, erkannte er die Realität seiner vermeintlichen Rettung. Um zu prüfen, ob der Brunnen Wasser enthielt, griff er in die Tasche und holte eine Münze heraus, die er in den Brunnen warf. Dieser schien sehr tief zu sein, denn nach einer ihm unendlich erscheinenden Zeit hörte der Wanderer zu seiner großen Freude ein Plumpsen, welches auf Wasser schließen ließ. Auf dem zerbröckelten Rand des Brunnens befand sich ein Schöpfeimer. Niemand kann sich das Entsetzen vorstellen, als der Verdurstende entdeckte, dass das Seil, mit dem der Eimer in den Brunnen hinabgelassen werden konnte, aufgrund der Witterung an diesem unwirtlichen Ort unwiederbringlich zerstört war. Das Wasser im Brunnen soll ein Symbol für Gott in dieser austrocknenden Zeit sein, der Eimer beschreibt den Heiligen Geist, mit dem wir das lebendige Wasser schöpfen können, welches durch Jesus, dem Seil, dem Mittler, neu in die Welt gebracht wurde. Doch in unserer materialistischen, konsum-orientierten Zeit der Immer-Mehr- Mentalität ist kein Platz mehr für Gott, den Heiligen Geist und Jesus. Wie der verdurstende Wanderer gehen viele Menschen ziel- und orientierungslos über diese Erde und laufen immer wieder im Kreis von Esoterik, Okkultismus, New Age und vielen anderen Süchten und Irrlehren herum. Sie suchen nach

Ersatzbefriedigung und verdursten langsam aber sicher. Täglich stößt man zwar in der Schöpfung auf den Brunnen des wahren Wassers und man lässt auch ab und zu bei festlichen Anlässen und hohen Feiertagen einen Stein in den Brunnen fallen, um zu prüfen, ob vielleicht doch lebendiges Wasser in ihm ist. Aber schnell gibt man auf, dieses Wasser zu schöpfen, da es manchmal auch Mühe bereitet und nicht sofort Befriedigung verschafft. Der Mensch vertraut nicht auf das ewig Durstlöschende, sondern lieber auf kurzen Genuss. Er vertraut sein Leben oder das seiner Kinder dem Busfahrer, Taxifahrer, Piloten oder Lokführer an, doch dem, der die Wege unseres Lebens wie kein anderer kennt und bereitet, vertrauen wir nicht. Irgendwann im Leben sind wir dann, nach langer Durststrecke, Verdurstende, wie sie im Moment, Malek. Doch wir haben vergessen oder uns nie dafür interessiert, dass es ein Seil zum Brunnengrund des lebendigen Wassers gibt. Wir haben es vermodern und verwittern lassen. Dann ist die Not groß. In diese Hoffnungslosigkeit sendet uns Gott auch heute noch seinen Sohn Jesus, bis zur letzten Sekunde jedes Menschenlebens. Jesus ist der neue Bund Gottes. Er löscht unseren Durst durch den Heiligen Geist. Auch wenn immer wieder versucht wird, das Wasser des Brunnens durch die vielen Zeitgeistgurus und falschen Lehrer, die Jesus angekündigt hat, zu vergiften. Jesus ist das Heil bringende Gegenmittel. Nutzen sie das Seil, Malek, um Wasser aus dem Brunnen des Lebens zu schöpfen, um nicht wie der Wanderer, das Ziel vor den Augen, zu verdursten. Wow, nun ist auch mein Mund trocken, aber ich bitte Sie, wachen sie auf, Malek, geben sie Jesus Ihr Leben, bevor es zu spät ist. Ich bin heute noch ein ab und zu scheiternder Christ in meinem Wachstum zum Himmel. Sie werden kein neues Leben in Saus und Braus haben oder völlig von Sorgen und Leid verschont werden, doch ich garantiere ihnen, was ich am eigenen Leib erlebt habe: Auch der schlechteste Tag mit Jesus in meinem Leben war besser als der beste Tag vorher ohne ihn." Malek war beeindruckt. Offermann schien fertig mit seinem Vortrag zu sein. Er kramte in seiner Aktentasche herum und drückte Malek eine Bibel in die Hand. „Hier, die Bedienungsanleitung für Ihr Leben und den Weg ins

Paradies," sagte er, „lesen sie sie intensiv und oft, denn ein weiser Mensch hat einmal gesagt: Eine auseinanderfallende Bibel hält das Menschenleben zusammen!" Malek nahm die Bibel und fragte Offermann, wie er das denn mache mit Jesus und dem neuen Leben. „Indem sie ihn mit einfachen Worten, aber ernst gemeint, in ihr Leben bitten. Dann macht er sie neu. Ach ja, noch ein Denkanstoß von Blaise Pascal, einem hochintelligenten französischen Mathematiker, Physiker und Literat, zudem Erfinder und christlicher Philosoph. Schon damals sagte er, die Wahrscheinlichkeit, dass es Gott gibt, liegt bei 50 %. Wägen wir also Gewinn und Verlust bei einer Wette gegeneinander ab. Schätzen wir die Chancen für beides ab. Wenn man gewinnt, gewinnt man alles. Wenn man verliert, verliert man nichts. Setzt also alles ohne zu zögern darauf, dass es Gott gibt." „Danke, Offermann, ich will es versuchen", sagte Malek, in Gedanken auf die Trümmer seines bisherigen Lebens zurückblickend ungewohnt mild gestimmt und verließ das Lokal. Puh, seufzte Offermann, ein schwerer Fall, Gott. Offermann hatte das Seinige getan. Den Rest erledigte Gott, wie er wusste und selbst erfahren hatte, als er noch täglich im gleichen Hamsterrad lief wie Malek. Sein Chef war aus allen Wolken gefallen, als er damals nach seiner Bekehrung zu Jesus Christus auf die prognostizierte Karriere verzichtete, um die Versetzung in den Innendienst bat und somit seine Ehe und eigentlich seine gesamte Familie rettete ... In den nächsten Tagen war Malek viel beschäftigt und über den Alltagstrott ging sein gerade erblühendes Glaubensleben wieder den Bach hinunter. Die Bibel fristete im Bücherregal ein Dasein als Staubfänger. Auch der ungebetene Besuch ließ sich einige Zeit nicht mehr sehen, bis zu dem Tag, als Malek sicher war, sein Leben auch wieder alleine in den Griff zu bekommen und das Pendel erneut in die andere Richtung ausschlug. Er, als Selfmademan, würde jede Klippe des Lebens meistern. Wie konnte er sich von Offermann und diesen anderen unerklärlichen Scheingestalten nur so beeinflussen lassen? Er, ein intelligentes, erfolgreiches Arbeitstier? Gerade bearbeitete er einen Riesenauftrag, den er an Land gezogen hatte. Dieser neu gewonnene

Kunde würde ihn in die Champions League des Unternehmens befördern. Dann würde er einen Neustart hinlegen, wie die Menschen und Gott es noch nicht gesehen hatten. Mitten in diese gedankliche Selbstbeweihräucherung erschien erneut ein Himmelsbote: „Ich bin der Weg, die Wahrheit und das Leben Malek. Ein allerletztes Mal will ich dich besuchen, weil ich dich liebe. Höre: Es lebte einmal ein reicher Mann, der sich immer die allerteuersten Kleider und die feinsten Dinge leistete. Dabei ließ er es sich so richtig gut gehen und lebte in Saus und Braus. Gleichzeitig lebte direkt vor seiner Tür ein armer Mann namens Lazarus. Sein Körper war völlig mit Geschwüren übersät. Er hoffte immer darauf, sich so richtig satt essen zu können an den Essensresten, die vom Tisch des reichen Mannes übriggeblieben waren. Stattdessen kamen auch noch die Hunde und machten sich über ihn her. Schließlich geschah folgendes: Der Arme starb und wurde von den Engeln Gottes in den väterlichen Schoß Abrahams getragen. Dann starb auch der Reiche und wurde beerdigt. Als er in der Unterwelt war, wo er große Qualen erlitt, blickte er nach oben und sah von weitem Abraham, der Lazarus in seine Arme geschlossen hatte. Da rief er: Abraham, Vater, habe Mitleid mit mir und schicke Lazarus. Er soll nur seine Fingerspitze in Wasser tauchen und damit meine Zunge benetzen. Denn ich leide sehr in diesem Feuer. Aber Abraham antwortete: Kind, erinnerst du dich daran, wie du so viel Gutes in deinem Leben erfahren hast und Lazarus genauso viel Schlechtes? Nun wird er hier getröstet, während du leidest. Und außerdem klafft zwischen uns und euch eine gewaltige Kluft. Selbst die, die von hier zu euch hinübergehen wollen, können das nicht, und genauso wenig kann einer von dort hierher zu uns gelangen. Da sagte der reiche Mann: Dann bitte ich dich, Vater, dass du ihn in das Haus meines Vaters zu meiner Familie sendest. Die soll er aufrütteln, damit sie nicht auch noch an diesen Ort der Qual kommen. Doch Abraham erwiderte: Sie haben doch die Bücher von Mose und den Propheten. Die sollen sie ernst nehmen. Da sagte er noch einmal: Nein, Vater Abraham. Sondern, wenn jemand von den Toten wieder zu ihnen zurückkehrt, dann werden sie ihr Leben sicherlich ändern. Doch Abraham antwortete: Wenn sie Mose und die Propheten nicht ernst nehmen, dann werden sie auch nicht überzeugt werden, wenn einer von den Toten wieder aufersteht. Malek, höre, lies und glaube. Rette dich und deine Familie und alle Schwestern und Brüder, denen du begegnest. Ich verlasse dich nun und warte auf dich." Malek wollte gerade erwidern: „Aha, also doch Drohbotschaft statt Frohe Botschaft und ein Spiel mit der Angst vor Tod und Hölle?" Doch das Wesen war verschwunden. Malek spürte instinktiv, dass er am Wendepunkt seines Lebens angelangt war und sich nun für oder gegen Gott entscheiden musste. Er brauchte noch mehr Wissen. Die Bibel von Offermann fiel ihm ein. Vielleicht konnte sie viele seiner Fragen beantworten. Offermann hatte ihn darauf hingewiesen, erst einmal mit dem Neuen Testament zu beginnen. Mit der Zeit erkennt der vom Heiligen Geist erfüllte Neugläubige bei entsprechender Unterweisung von klugen Geschwistern, dass das Alte Testament ein Zuspitzen aller Dinge auf Jesus Christus hin sind, waren seine Worte gewesen. Es wimmele im Alten Testament von Prophezeiungen, die Jesus und sein Erlösungswerk für die Menschen voraussagten. Unmissverständlich und nicht zu widerlegen. Zuhause setzte sich Malek in seinen Sessel und begann im Neuen Testament, wie Offermann ihm geraten hatte, das Johannesevangelium zu lesen. Er las es an einem Stück durch. Dann gewann der Analytiker in ihm die Oberhand. Malek fragte sich, wenn er ein Schriftsteller wäre, hätte er dann so eine Story des, aus menschlicher Sicht, letztendlichen Scheiterns geschrieben, um sie in eine unglaubwürdige Auferstehung von den Toten münden zu lassen? Wäre in seiner Geschichte nicht Jesus als großer Held und Befreier aufgetaucht, der blitzschnell eine Armee von willigen Unterdrückten hinter sich versammelt hätte, die sogar für ihn gestorben wären? So hatten doch die Revolutionäre der Vergangenheit den Widerstand aufgebaut. Niemals würde er als Autor Jesus die unzähligen Worte in den Mund gelegt haben, die dem menschlichen Denken diametral widersprachen. Die Jünger, die ihm folgten und die nachweislich gelebt hatten, gaben Haus und Hof auf, stiegen aus dem Beruf aus und folgten einem Wanderprediger, der außer seiner krassen Botschaft nichts zu bieten hatte. Also war Jesus der verheißene Messias oder der totale Psycho, schlussfolgerte Malek. Wäre das letztere der Fall, wieso hat sich diese Geschichte des Zimmermannsohnes aus einem kleinen Ort in Israel über 2000 Jahre zu einer weltumspannenden Befreiungsbotschaft entwickelt? Basierte unsere Zeitrechnung nicht sogar auf dem Leben dieses anspruchslosen Wanderpredigers? Dahinter konnte nur etwas Übernatürliches stecken. Wunder über Wunder. Doch niemand sprach in der Gesellschaft noch darüber. Warum hatte ihm vor Offermann in seinem ganzen Leben niemand den Sinn des Kreuzestodes von Jesus Christus und dessen Realität vermittelt? Warum hatte ihm vor Offermann niemand gesagt, wie aktuell und weise die Worte von Jesus waren, auch wenn er nicht alles gleich verstand? Warum hatte ihm vor Offermann weder in der Schule noch in seiner Kirche die Worte Jesu nahegebracht? Warum war die Meinung in der Bevölkerung verbreitet, die Bibel wäre ein zweitausend Jahre altes Märchenbuch, welches mit dem heutigen Leben nichts mehr zu tun habe? Warum war sie das meistverbreitete Buch der Erde, doch kaum jemand nahm es zur Hand? Malek war beeindruckt davon, wie vieles darin in der heutigen Zeit topaktuell war und erkannte glasklar: **Jesus war der Messias**. Es musste hinter all der Ordnung der Schöpfung eine Intelligenz stecken, das war ihm schon lange klar geworden. Auch, dass sein Besitz nie ihm gehören würde und eigentlich unwichtig war. Nichts davon besaß beim letzten Atemzug existentielle Relevanz, begriff er langsam. Denn bereits morgen konnte sein Leben zu Ende sein und alles was er besaß, gehörte auf einmal anderen Menschen, die ebenfalls irgendwann alles zurücklassen mussten. Alle Dinge und alle Menschen wurden wieder zu Staub. Was hinterließ also der Mensch? War das der ganze Sinn des Lebens? Unsinnige Dinge anzuschaffen, zu horten, immer gieriger zu werden, um letztendlich zu gehen, wie er gekommen war, ohne alles? Nein, es musste etwas geben, nach dem alle Menschen suchten. Geborgenheit, Liebe, Annahme, Vertrauen, Vergebung, Rettung, Güte, Zuneigung, Wärme, Wohlwollen, liebevolles Zuhause, Mitleid,

Anerkennung, Freundschaft, Wertschätzung, Neubeginn. Er las das Johannesevangelium direkt noch einmal komplett durch und fand dort alles, was die Menschen suchten, in Jesus gefunden. Nach dem Sündenfall war der Mensch ein sterblicher Mensch, dessen Willen Gott akzeptierte, hatte Offermann ihm erklärt. Während der Lektüre erfasste etwas sein Herz, was Offermann ihm mit dem Heiligen Geist beschrieben hätte. Malek wurden die Augen geöffnet für das göttliche Wunder der Wiedergeburt. Hatten die Menschen aus der Geschichte gelernt, fragte Malek sich. Und wenn ja, was? Eigentlich nichts, resümierte er beim Gedanken an die vielen Kriege auf der Welt in unserer angeblich zivilisierten Zeit. Wie unglaublich schön war die Erde laut der Bibel nach der Schöpfung. Grenzenlos, ergänzte Malek gedanklich, nicht wie heute, eingeteilt in Parzellen, denen man Namen gab, um die man schnell Zäune oder Mauern zog, um egoistisch Besitz zu horten und ihn notfalls mit Waffen zu verteidigen. Eine Erde für alle war Gottes Geschenk gewesen, um sie sich untertan zu machen. Was war daraus geworden? Reservate für Reiche und Müllhalden für Arme. Wegen Landbesitz starben seit Beginn der Menschheit Millionen von unschuldigen Opfern. Die von Gewaltherrschern aufgestachelten Soldaten kämpften und starben sinnlos. Neugierig sammelten die Menschen im Lauf der Geschichte Wissen. Doch sie nutzten es um Waffen zu schaffen, die die Erde tausendmal zerstören konnten. Aus natürlichen Ressourcen wurden Dinge hergestellt, die der Erde den Atem nahmen und sie zu großen Teilen verwüstete. Die für alle gedachten Bodenschätze mutierten zum Grund vieler grauenhafter Kriege. Die Wälder wurden vergiftet, die Meere mit Müll verseucht, den Kindern die Option auf eine lebenswerte Zukunft rücksichtslos genommen. Herrscher bereicherten sich an den Reichtümern ihrer Länder und ließen ihre eigenen Schwestern und Brüder im Elend darben, verhungern, verwahrlosen. In Gottes Namen wurde unterdrückt, missbraucht, vergewaltigt, gefoltert und gemordet. In seinem Namen führte man aufgrund unterschiedlicher Ansichten oder Ausrichtungen blutige Kriege. Welcher Geist weht also über dieser Erde? Wenn das

Böse dann siegte, fragten die sich plötzlich an Gott erinnernden Menschen genau wie er damals an dem Heiligabend, der sein Leben so auf den Kopf stellte: „Wo ist denn Gott in diesem Leid und Unrecht?" War des Anfangs nicht alles vorbereitet für Nächstenliebe und Teilen? Eigentlich wäre genug für alle Menschen auf der Erde da. Wenn jeder der in den reichen Ländern Geborenen nur einen winzigen Teil seines Reichtums abgeben würde, hätten alle ein Mindestmaß an Lebensqualität. Gott gebot, ihn zu lieben und den Nächsten wie sich selbst. Seine Gebote, nicht zu töten, nicht zu lügen, nicht zu stehlen und viele weitere dem friedvollen Zusammenleben dienende, wurden von den Menschen als nicht mehr in die moderne Zeit passend kalt lächelnd in der Mülltonne der Neuzeit entsorgt. Seine Botschaft wurde in kleine Portionen verpackt, mit vielen giftigen Zusatzstoffen versehen und zweckbestimmt umetikettiert. Aus „Liebe den Nächsten so wie dich selbst wurde „Liebe dich selbst, wieso deinen Nächsten?" Machtgierige Tyrannen rekrutierten weiterhin in seinem Namen junge Menschen, denen nie jemand Liebe, Anerkennung und Wertschätzung zukommen ließ. So gebar die Finsternis Seelenkrüppel wie Gotteskrieger und Herrenmenschen, die andere klein machten, um selber leidlich groß zu erscheinen. Gott war der „Ich bin" und registrierte bestimmt enttäuscht, wie entartet sein uneingeschränktes „Ihr dürft" interpretiert worden war. Trotzdem hatte er nie aufgehört seine Kinder zu lieben und sandte seinen Sohn Jesus Christus auf diese Erde, um die unfassbare Schuld aller Menschen zu tragen, grausam für sie am Kreuz zu sterben und denen, die an ihn glaubten, den Weg zu ihm zurück freizumachen. Das hatte Malek nach den Besuchen der göttlichen Handlanger und Offermanns Monologen sowie den Worten der Bibel, die er bisher gelesen hatte, nun verstanden. Es gab kein Wort für diese Liebe. Es gab keine ausreichende Beschreibung für diese unverdiente Gnade. Auf Menschen war nun mal kein Verlass, wie die Vergangenheit zeigte. Danke Herr, sagte Malek, dass du mir in Jesus Christus den Weg, die Wahrheit und das Leben weist. Egoistisch betete ich bisher für das, was ich erstrebte. Du hörtest mein Gebet, gabst mir aber das Bessere. Nicht das, was ich wollte, sondern das, was ich brauchte. Ich habe verstanden, dass du jedem Menschen auf einem anderen Weg nachgehst, dass du jedem Menschen die Vergebung durch deinen Sohn Jesus Christus anbietest, der für uns alle Sünde der Welt trug und am Kreuz stellvertretend für uns büßte. Danke für die Möglichkeit, mein Leben neu zu beginnen. Malek erkannte, dass er ein Sünder war, wie alle Menschen aller Zeiten. Es fiel ihm wie Schuppen von den Augen. Dann erhaschte sein Blick eine kleine Karte in der von Offermann geschenkten Bibel. Den Text dieses offensichtlich zweckgebundenen Lesezeichens las er aufmerksam durch, dann kniete er nieder und betete voller Inbrunst das dortige Gebet: „Gott, ich bin ein Sünder. Damit ich überhaupt zu dir kommen kann, musste dein Sohn Jesus Christus am Kreuz sterben – an meiner Stelle. Ich beuge mich vor dir, Herr Jesus. In deinem Namen bitte ich von ganzem Herzen um Vergebung für alle meine Sünden und meine große Schuld: Hass gegen dich und andere, Neid, Lügen, meine Selbstsucht, Lieblosigkeit, Unmoral, Ungerechtigkeit, Jähzorn und vieles andere. Wasch mich bitte jetzt rein von allem Bösen durch dein kostbares Blut. Wasch mich bitte weiß wie Schnee. Danke, dass du auf Golgatha den Preis bezahlt hast und mich so annimmst, wie ich bin. Danke, dass du mich liebst. Du hast alle meine Sünden nun ausgelöscht. Danke, Vater im Himmel, dass ich nun dein Kind geworden bin und das ewige Leben habe. Lass mich nie mehr los und erfülle mich mit deiner Liebe und deiner Freude. Erfülle mich mit deinem Heiligen Geist als meinen Tröster und Helfer. Mein ganzes Leben soll dir gehören, Herr Jesus. Sei du mein Herr und mein Freund. Ich will in deine Fußstapfen treten und so leben, wie es dir gefällt. Bitte hilf mir dabei. Danke! Amen." Kein Blitz, kein Donner? Malek ging nach seinen vielen über-natürlichen Begegnungen fast ein wenig enttäuscht zu Bett. In dieser Nacht träumte er jedoch: Er hatte einen großen Rucksack auf dem Rücken und wanderte eine endlose Straße entlang. Seine Geliebte stand wortlos am Straßenrand und legte einen mächtigen Stein in den Rucksack. Kunden, die er übervorteilt hatte, standen am Weg und legten viele kleine Steine in den Rucksack. Der Finanzbeamte, der seine geschönte Steuererklärung entgegennahm, legte ebenfalls einen mittelgroßen Stein in den Rucksack. Sein Versicherungsvertreter, dem er vor langer Zeit einen fingierten Versicherungsfall untergeschoben hatte, legte einen Stein hinein. Zusätzlich ging es nun auch noch bergauf. Malek ächzte und stöhnte und der schwere Rucksack bereitete ihm große Mühe. Seine Kinder und seine Frau, denen er so viel Zeit, Rat, Liebe und Wegbegleitung vorenthalten hatte, legten weitere vier Steine in den Rucksack hinein, das vierte ungeborene, abgetriebene Kind, einen besonders schweren. Irgendwann brach er erschöpft zusammen. Eine hell leuchtende Gestalt, von der unendliche, unbeschreibliche Liebe ausging, half ihm auf die Beine, leerte mit einer Berührung den Rucksack und nahm ihn auf die Schultern. Achtundneunzig Kilo Lebendgewicht, mal ebenso auf die Schultern genommen nötigten Malek selbst im Traum Respekt ab. Er wusste sofort, wer das war, denn an den Händen waren wieder deutliche Narben zu erkennen. Es war der Landstreicher aus der Weihnachtsmesse, eindeutig Jesus Christus, wie Malek beschämt erkannte. „Komm", sprach Jesus zu ihm, „trink und ruhe dich aus. Wer von dem Wasser trinkt, welches ich ihm gebe, den wird nie wieder dürsten." Dann wanderte Jesus mit ihm auf den Schultern in die Richtung einer goldenen, glänzenden Stadt, die Malek am Horizont sehen konnte. Tiefer Friede erfüllte Malek. Dieser Friede war auch noch da, als er am Morgen erwachte. Umgehend begann er sein neues Leben in Ordnung zu bringen. Offermann hatte ihm eine Grußkarte über das Internet mit einer erneuten Einladung zum Gottesdienst am Sonntag gesandt, an dem Malek unbedingt teilnehmen wollte. Darauf befand sich ein Gedicht:

Jesus rettet
Das Vakuum in Menschenseelen, wird oft mit Sucht gefüllt,
doch Alkohol und Sex und Drogen, sind nichts, was Sehnsucht stillt.
Der Mensch weiß tief in seinem Herzen, es gibt im Leben mehr,
als trinken, essen, konsumieren und Seelen, kalt und leer.

Stark spürt er eine große Sehnsucht, nach dem, was Sinn ergibt,
sucht lebenslang nach einem Wesen, das ihn unendlich liebt.
Verirrt sich in der Welten Lehren, rennt falschen Göttern nach,
wird von der Wahrheit ferngehalten, die Jesus Christus sprach.
Wo Hass ist, predigt er die Liebe, wo Trauer ist, verheißt er Trost,
heilt jede noch so schwarze Seele, in der die Sinnentleerung tost.
Die Letzten setzt er an die Spitze, befreit von Sünde, Schuld und Leid,
hält dem, der um das Kleid ihn bittet, den Mantel gerne auch bereit.
Er geht mit Menschen alle Wege, wer klopft, dem öffnet er die Tür,
den neuen Bund hat er geschaffen, den Kreuzestod starb er dafür.
„Komm in mein Leben, Jesus Christus, nimm alle Schuld von mir",
sprich diese Worte ehrlich bittend, schon öffnet sich die Himmelstür.
Hinein ins Leben tritt der Heiland, er macht es völlig neu,
nimmt weg die Ketten von der Seele und bleibt dir ewig treu.
Er leitet dich auf gerade Pfade, zeigt dir den Weg ins Licht
und sei gewiss, du bist gerettet, wenn einst dein Auge bricht.

Am Sonntag begab sich Malek in die Gemeinde und hörte der Predigt von Offermann, der an diesem Tag den Predigtdienst ausführte, zu: „Einen wunderschönen guten Morgen liebe Geschwister", begann er, „liegt nicht jeder neue Tag rätselhaft vor uns? In der Frühe beginnt sich bereits kurz nach dem Erwachen das weltliche Hamsterrad des Strebens nach Ruhm, Reichtum, Ehre, Anerkennung und Macht zu drehen. Sarkastisch sagte einst Theodor Fontane: „Mit der Zeit kommt alles, Orden, Titel, Tod". Trotzdem leben viele von uns in die Tage hinein, als würde das Leben ewig weitergehen. Täglich stehen wir von morgens bis abends vor vielen Entscheidungen. Unzählige Male haben wir die Wahl und den freien Willen, uns während unserer kurzen Lebenszeit hier auf Erden für das Gute oder das Böse zu entscheiden. Bei Begegnungen mit Menschen, bei Taten, bei Worten, in Gedanken. Tief in jedem Menschen ist die Erkenntnis über gut oder schlecht grundgelegt. Doch woher stammt diese Erkenntnis? Selbst der Atheist freut sich, wenn Befriedigung über eine gute Tat sein Herz weitet. Ebenso befällt ihn ein unerklärliches Unwohlsein über eine schlechte Tat. Wer oder was wirkt da im Menschen, woher kommt das? Wenn das Leben hier nur eine Zeitspanne von durchschnittlich 80 Jahren umfasst, stellt sich die Frage, warum sollte sich der Mensch an Regeln, Gesetze und Vorschriften halten, wenn niemand ihn jemals für sein Tun zur Rechenschaft zieht? Warum sollte er sich moralisch einwandfrei seinen Mitmenschen gegenüber verhalten? Die Antwort kann nur sein, dass die mahnende Stimme oder das Gewissen, wie wir es nennen, von Anfang an in jedem Menschen von Gott tief verankert worden ist. William Booth, der Gründer der Heilsarmee, schrieb: *Ich bin der Überzeugung, die größten Gefahren, die dem neuen Jahrhundert bevorstehen werden sein, eine Religion ohne den Heiligen Geist, eine Christenheit ohne Christus, eine Vergebung ohne Buße, eine Erlösung ohne Wiedergeburt, eine Politik ohne Gott, ein Himmel ohne Hölle.* Diese prophetischen, weisen Worte sind heute aktueller denn je. Korruption, Untreue, Mord, Hass, Neid, Lüge, Stolz, Unzucht, Respektlosigkeit und so weiter, haben die Gesellschaft fest im Würgegriff und lassen die Hürden zur Gottlosigkeit immer niedriger werden. Grenzen werden überschritten, Tabus gebrochen. Das beginnt bereits im anscheinend Harmlosen. Den Firmenkugelschreiber vom Arbeitsplatz mitnehmen, das schlechte Reden über einen Mitmenschen, das Lachen über einen miesen Scherz, das Flunkern beim Versicherungsschaden, die kleine Notlüge und so weiter. Bei jeder einzelnen Tat spürt der Täter seine Gewissenlosigkeit, doch er ignoriert die leise, mahnende Stimme. Sünde scheint ein Wort aus uralten Zeiten zu sein. Der Ehrliche ist heute der menschlich gesehen vermeintlich Dumme. Ist die Erde ein Hort der Nächstenliebe, der Solidarität, des Mitgefühls, der Gerechtigkeit, des Friedens und der Harmonie? Haben die Menschen aller Zeiten mit ihrer Aufklärung oder Freiheit Gutes erreicht? Ist das Böse besiegt? Die Ergebnisse sprechen eine andere Sprache. Der Blick auf die menschliche Bilanz der letzten 2024 Jahre seit Jesu Geburt ernüchtert. Nie zuvor hat es in den letzten Jahrhunderten so viele gefährliche Konflikte gegeben wie heute, berichtet die überregionale deutsche Wochenzeitung „Die Zeit". Die Erkenntnis, was wirklich Frieden und Liebe in die Welt bringt, kann nur jeder einzelne Mensch erringen, der fühlt, dass er Buße tun muss über die vielen kleinen und großen Verfehlungen in Gedanken, Worten und Werken. Es gibt keinen anderen Weg zurück zu Gott, der nicht den allerkleinsten Verstoß gegen seine Gebote akzeptieren kann, da er vollkommen und absolut gerecht ist. Wer aber kann die Strafe des gerechten Gottes tragen? Fakt ist, dass jeder sich eine Millisekunde nach seinem Tod vor ihm verantworten muss. Vor keinem Erbsen zählenden, zornigen, rachsüchtigen Schuldbuchhalter, sondern einem Vater, der seine geschaffenen Geschöpfe, die sich gegen ihn auflehnten, trotzdem unendlich liebt. Kein Mensch kann und konnte nach dem Sündenfall von dieser Schuld freigesprochen werden. Nur ein absolut sündloser Mensch kam infrage. Doch den gab es nicht. So sandte uns der liebende Gott seinen Sohn Jesus Christus, den Mensch, den Gott, den Weg, die Wahrheit und das Leben. Er war und ist dieser eine Mensch ohne Sünde und der einzige Heilsbringer aller Zeiten, der keinen Grabstein auf seinem Grab hat. Er starb grausam gequält am Kreuz! Musste das sein? Ja, denn dieser Gott der Liebe und Gerechtigkeit hing dort mit am Kreuz, um das Geheimnis der Dreifaltigkeit, ergänzt durch den Tröster, den an Pfingsten gesandten Heiligen Geist, zu vervollständigen. Wer Jesus sein Leben übergibt, seine Schuld bekennt, die Gnade annimmt und wahre Reue zeigt, der macht eine Erfahrung, die man mit Worten nicht beschreiben kann, denn der Heilige Geist kommt mit Macht. Unzählige, die das erlebten, können bezeugen, dass überirdischer Frieden ins Herz einkehrt. Licht erleuchtet die Seele. Gebrochenheit wird geheilt. Einsamkeit und Trauer wird von Gott mitgetragen. Die Schöpfung wird bewusster erlebt. Leid wird gelindert und trägt, so unglaublich es klingt, oftmals zur Gotteserkenntnis, zur Reifung und zum Wachstum des Menschen bei. Süchte werden besiegt, Feinde geliebt, Egoismen verdrängt. Prioritäten verschieben sich. Situationen werden anders bewertet. Schätze im Herzen werden wertvoller als Schätze in Bankschließfächern. Schuld wird restlos vergeben, der Neuanfang macht frei. Corrie ten Boom hat es wunderbar auf den Punkt gebracht: *„Wenn wir Gott unsere Schuld bringen, dann nimmt er sie und versenkt sie im Meer, da, wo es am tiefsten ist. Und ans Ufer stellt er ein Schild auf, darauf steht: Angeln verboten!"* Scheitern wird voller Gnade immer wieder zum Wachstum durch den Heiligen Geist genutzt. Das Leben wird ein völlig neues. Der Tod kommt weiterhin früher oder später, doch verliert er seinen schmerzhaften Stachel. Die Worte der Bibel werden Wegweiser und zum Leitfaden des Lebens. Der alte Mensch ist nicht mehr. Alles resultierend aus der verzeihenden Güte Gottes und dem Kreuzestod seines Sohnes Jesus Christus. Wer wahrhaftig erlebt, wie Jesus das Leben umkrempelt, kann das nicht mit Worten beschreiben. Jeder Versuch ist zum Scheitern verurteilt, denn Übernatürliches ist nicht in Worte zu fassen. Viele Menschen mussten erst die Hölle auf Erden erleben, um zu erkennen, dass der Kreuzestod von Jesus sie vor dem Original bewahrt. *Führe also nicht eines der verpassten Menschenleben, deren Aufenthaltsort das Reich der Toten ist, bevölkert von Menschen, die nichts anzufangen wussten mit ihren von Gott geschenkten Anlagen und Chancen* wie es sinngemäß der weise Journalist Peter Seewald sagte. Doch im Namen vom Sohn Gottes, der jede Sekunde des Lebens auf jeden Menschen wartet, darf der Mensch noch auf dem Sterbebett seine Schuld bekennen und wird bei ehrlicher Reue Vergebung erfahren. Dann wartet das ewige Leben auf ihn. Ein Leben, welches nichts mit Harfe spielen auf Wolken zu tun hat, sondern dass der Mensch im Paradies besaß und für ihn im neuen Jerusalem zur unvorstellbar schönen Erfüllung gelangt. Das Leben liegt vor uns. Lehne dieses einzig wichtige Geschenk im Leben nicht ab. Jesus Christus sagt:

„*Ich muss heute in deinem Haus einkehren.*" Noch heute darfst auch du zu Jesus kommen und ihm dein Leben übergeben." Malek war tief ergriffen und ein Friede, den die Welt nicht bieten konnte, erfüllte sein Herz nach diesen Worten Offermanns. Die Grußkarte mit dem Gedicht hatte er am nächsten Werktag auf seinem PC am Arbeitsplatz als Hintergrundbild eingerichtet und versah es mit dem Datum des Tages seiner Umkehr. Seine Versicherungsgesellschaft erstattete keine Anzeige, als er den Versicherungsbetrug beichtete und die Summe zurückerstattete. Bei der Steuer machte er durch eine Selbstanzeige von der zeitlich befristeten Möglichkeit eines Straferlasses Gebrauch. Er führte ein tränenreiches, ehrliches, ungeschminktes Beichtgespräch mit seiner Frau, die ihm unter Zuhilfenahme christlicher Seelsorge durch weise Geschwister, wenn auch erst nach langer Zeit, vergeben konnte. Sein Leben änderte sich Schritt für Schritt von Grund auf. Seine ganze Familie erfuhr die Heilung, die nur Jesus schenken kann. Malek lebte fortan immer noch in dieser Welt mit allem, was sie ausmachte, doch nicht mehr abhängig von dieser Welt. Er ging auch nicht in Sack und Asche umher, sondern lebte ein dem Christsein angemessenes Leben mit Luft nach oben. Nicht alles lief nun glatt, aber in die richtige Richtung. Offermann und Malek wurden in ihrem Betrieb fortan die „heiligen Zwei" genannt. Malek wurde ein völlig neuer Mensch, wie Jesus es ihm versprochen hatte. Ihm ging bei der Fahrt zu einem Kunden sein turbulentes Leben der letzten Monate durch den Kopf. Er konnte den Frieden nicht beschreiben, der ihn endlich zur Ruhe kommen ließ. Aus seiner Angst, durch den Glauben an Jesus würde er ein eingeschränktes Leben führen müssen, war eine Horizonterweiterung auf allen Gebieten seines Daseins geworden. Übernatürlich war wohl die beste Bezeichnung. Krumme Dinge wurden gerade. Gebete wurden erhört. Nicht immer, wie Malek es wollte, sondern immer, wie Gott es für richtig befand. Je mehr Malek seinen Besitz teilte, desto reicher beschenkte ihn Gott, doch nicht materiell, sondern mit

Herzensreichtum. Er wurde auch erfolgreich wie nie, weil er seine Arbeit nun so verrichtete, als wenn er sie für Gott täte. Seinen Kindern schenkte er das Wichtigste, was ein Vater ihnen schenken konnte. Zeit, Geborgenheit, Wegweisung und Liebe. Besonders aber biblischen Rat, nachdem er selber in Offermanns Gemeinde, in der er nun Mitglied war, ständig durch die Heilige Schrift dazu lernte. Zu seinen eigenen drei Kindern unterstützte die Familie noch zwei Patenkinder vom christlichen Hilfswerk To all Nations e. V. Auch seine Ehe wurde völlig auf den Kopf gestellt. Seine Frau und er erlebten Heilung, Vergebung, Neuanfang mit Jesus als Mittelpunkt ihrer Beziehung. Die falsche Meinung unter den Menschen, dass es unter Christen keinen Spaß gäbe und die meisten mit Zitronenwasser getauft seien, wurde ad absurdum geführt. Nie war mehr Spaß und Zufriedenheit im Leben Maleks gewesen, als jetzt. Jesus hatte ihn freigemacht. Freiheit, die er bisher nicht kannte. Leid war in Maleks Leben nicht ausgeklammert und trat im weiteren Verlauf seines Lebens noch oftmals als Begleiter auf, doch endete dieses Leid nicht in Ausweglosigkeit, sondern im Fallen in Gottes haltende Hand und dem Wissen um die leidfreie Ewigkeit in Gottes verheißener neuer Stadt. Im Gegensatz zu Offermann blieb Malek seinem Arbeitsbereich treu, doch die Reihenfolge auf der Lebensprioritätenliste gestaltete er nun nach Gottes Regeln. Erst Jesus, dann die Familie, dann die Arbeit, wobei auch Familie und Arbeit im ununterbrochenen Kontext mit Jesus standen. Heute war es ausnahmsweise so spät geworden war, dass es dunkelte. Bei der Heimfahrt auf der Autobahn überholte Malek einen Lkw. Plötzlich kamen ihm zwei hellstrahlende Lichter entgegen. Ein Geisterfahrer! Blitzschnell riss er das Lenkrad herum. Trotz seiner schnellen Reaktion streiften sich die beiden Autos und gerieten ins Schleudern. Das war noch einmal glimpflich ausgegangen. Der Polizist, der später den Unfall aufnahm, beglückwünschte Malek zu seiner Reaktion und dem großen Glück. „Sie hätten tot sein können", sagte er. „Ich wäre bereit gewesen", antwortete Malek, „ich habe sechstausend Punkte." „In Flensburg?" fragte der Polizist ungläubig. „Bei Jesus", antwortete Malek und drückte dem verdutzten Polizisten die DVD „6000 Punkte für den Himmel" in die Hand, von der er immer einen Vorrat im Handschuhfach mit sich führte. Als Zugabe legte er noch ein Traktat dazu. Hier endet Maleks wundersame Geschichte, die natürlich reine Fiktion ist, doch viele Menschen haben Gott zu allen Zeiten in vielen Gestalten und Begegnungen und durch wahre Wunder erlebt. Wunder, die weitaus größer als die hier geschilderten erdachten waren. Malek und seine Familie werden durch die Höhen und Tiefen jedes menschlichen Lebens gehen. Aber immer in der Gewissheit, nur Gäste auf dieser Erde zu sein und dass Jesus ihnen bereits eine Wohnung im Paradies bereitet hat.

Was fürchten die Menschen, dass so viele die befreiende Botschaft von Jesus Christus ablehnen?

Offenbarung 21, 1-8:

Da sah ich einen neuen Himmel und eine neue Erde. Denn der erste Himmel und die erste Erde waren vergangen, und auch das Meer existierte nicht mehr. Und ich sah auch die heilige, zu Gott gehörige Stadt Jerusalem, wie sie aus dem Himmel von Gott herabkam, bereitet wie eine Braut, die für ihren Ehemann geschmückt ist. Da hörte ich eine gewaltige Stimme, die vom Thron her kam. Sie sagte: „Sieh her! Das ist das Zelt Gottes, das bei den Menschen steht. Und er wird mitten unter ihnen wohnen und sie werden sein Volk sein. Und er wird jede Träne in ihren Augen trocknen. Der Tod wird nicht mehr da sein, keine Trauer, kein Schreien und kein Schmerz wird mehr existieren. Denn das, was zur ersten Schöpfung gehörte, ist vergangen." Da sagte der, der auf dem Thron sitzt: „Achte gut darauf: Ich mache alles neu!" Und dann sagte er zu mir: „Schreibe: Diese Aussagen sind zuverlässig und wahrhaftig!"
Und er sagte zu mir: „Es ist geschehen. Ich selbst bin das Alpha und Omega, der Anfang und das Ziel. Wer Durst hat, dem werde ich zu trinken geben: Wasser aus der Lebensquelle, ganz umsonst! Doch auf die Unentschiedenen, die Ungläubigen und die mit Gräueln befleckten, die sexuell Ausschweifenden, die Zauberer und die Verehrer falscher Götter und die Lügner wartet das Meer, das mit Feuer und Schwefel brennt. Das ist der zweite Tod."

Malek wurde in dieser erdachten Story wiedergeboren.

Wiedergeburt? Was ist das, wird sich mancher fragen. Paulus, von Gott direkt und persönlich durch ein Wunder auf der Straße nach Damaskus als Apostel und sein Sprachrohr eingesetzt, schrieb an die neuen christlichen Gemeinden Briefe mit Anweisungen und Erklärungen. In einem dieser Briefe an die Römer beschreibt er in dessen Verlauf, wie der Mensch zur Wiedergeburt in Jesus Christus gelangt. Der daraufhin sogenannte „Römerweg" bietet zu dem Thema eine leicht verständliche Erklärung. In Römer 3,10 heißt es, dass es unter allen Menschen keinen, auch nicht einen Einzigen gibt, der ohne Sünde ist. Weiter schreibt Paulus in Römer 3,23, dass alle Menschen schuldig geworden sind und nicht mehr die Herrlichkeit widerspiegeln, die Gott dem Menschen ursprünglich verliehen hatte. Da Gott die Menschheit über alles liebt, aber auch uneingeschränkt gerecht ist, lud er einem Menschen, der gleichzeitig auch Gott war, die Schuld der gesamten Menschheit auf, um uns mit ihm zu versöhnen, seinem Sohn Jesus Christus. Gott beweist uns also seine große Liebe dadurch, dass Christus für uns starb, als wir noch Sünder waren, wie wir in Römer 5,8 lesen. Der Lohn, den die Sünde bewirkt, ist der Tod. Gott aber schenkt uns in der Gemeinschaft mit Jesus Christus, unserem Herrn, ewiges Leben (Römer 6,23). Die Gemeinschaft mit Jesus erlangen wir in der Wiedergeburt. Das bezeugen wir durch unsere Taufe in seinem Namen. Wir sind dann wiedergeboren. Denn wenn du mit deinem Mund bekennst, dass Jesus der Herr ist und wenn du von ganzem Herzen glaubst, dass Gott ihn von den Toten auferweckt hat, dann wirst du gerettet werden. So steht es im Römerbrief 19,9. Es erfolgt eine Veränderung des Menschen, die nur zu vergleichen ist mit der Geburt. Der Heilige Geist hält Einzug in ein zuvor verstocktes Herz. Deswegen der Begriff Wiedergeburt. Aus einem sündhaften, schuldigen Menschen wird ein vom Heiligen Geist erfülltes, gerettetes Gotteskind. Zwar noch immer sündig und den Angriffen des Bösen ausgesetzt, trotzdem vor Gott schuldlos. Jesus ist keine Notlösung, sondern Erlösung. Unzählige Menschen aller Zeiten sind schon diesen befreienden Weg gegangen. Das möchte Jesus auch mit dir tun. Wann lässt auch du dir diesen Weg zeigen oder kommst zurück auf diesen Weg? Der Herr wartet auf dich und geht dir täglich voller Liebe nach. Wenn du gemeinsam mit ihm den Rest deines Lebens gehen möchtest, dann hast du jetzt noch einmal die Möglichkeit, das Gebet von Malek in der Geschichte zu beten:

Gott, ich bin ein Sünder. Damit ich überhaupt zu dir kommen kann, musste dein Sohn Jesus Christus am Kreuz sterben – an meiner Stelle. Ich beuge mich vor dir, Herr Jesus. In deinem Namen bitte ich von ganzem Herzen um Vergebung für alle meine Sünden und meine große Schuld: Hass gegen dich und andere, Neid, Lügen, meine Selbstsucht, Lieblosigkeit, Unmoral, Ungerechtigkeit, Jähzorn und vieles andere. Wasch mich bitte jetzt rein von allem Bösen durch dein kostbares Blut. Wasch mich bitte weiß wie Schnee. Danke, dass du auf Golgatha den Preis bezahlt hast und mich so annimmst, wie ich bin. Danke, dass du mich liebst. Du hast alle meine Sünden nun ausgelöscht. Danke, Vater im Himmel, dass ich nun dein Kind geworden bin und das ewige Leben habe. Lass mich nie mehr los und erfülle mich mit deiner Liebe und deiner Freude. Erfülle mich mit deinem Heiligen Geist als meinen Tröster und Helfer. Mein ganzes Leben soll dir gehören, Herr Jesus. Sei du mein Herr und mein Freund. Ich will in deine Fußstapfen treten und so leben, wie es dir gefällt. Bitte hilf mir dabei. Danke! Amen.

Bleibe aber nicht allein, sondern suche die Gemeinschaft mit anderen Gläubigen, die deinen Weg mit Jesus nun begleiten.

Zu mehren den Segen

Gott, der Vater, leihe dir seine Augen,
damit du dankbar das Gute empfängst
und mutig das Bessere suchst.
Gott, der Sohn, öffne dir dein Herz, dass
du die Schönheit der Gnade erkennst
und überfließend daraus schöpfst.
Gott, der Geist, begleite deinen Weg,
heute und morgen sicher dorthin, wo
du den Segen vermehren vermagst.

Uwe Heimowski

*Aus dem Gedichtband „Diesseits von Eden" von Uwe
Heimowski, erschienen im Adeo Verlag

Zum Schluss

Völlig unvorbelastet durch Erziehung, Tradition oder Indoktrination durfte ich meinen Weg zu Jesus zu finden. Nach atheistischem Start, trotz Zugehörigkeit zu einer großen Glaubensgemeinschaft, lief ich auf allen möglichen Pfaden voller Neugier vielen Sinnangeboten dieser Welt nach. Heute möchte ich Zeugnis darüber ablegen, dass in einem Menschenleben nichts Besseres passieren kann, als sein Leben in die Hände desjenigen zu legen, der die Wahrheit selbst ist, Mensch und Gott Jesus Christus. Dieses lebenslange Sammeln von Erfahrungen und das Hineinriechen in viele christliche Milieus führte zu meinem subjektiven Fazit, dass Gott nicht in großen Kirchen oder großen Tempeln und Gemeindehäusern lebt, sondern zuerst in großen Herzen. Welche befreiende Entlastung ist das Verschwinden der Menschenfurcht, wenn Jesus das Leben bestimmt. Der Gläubige braucht keine Masken mehr zu tragen, er braucht in keine Rollen mehr zu schlüpfen, er braucht dem Götzen der Neuzeit, der Selbstdarstellung, nicht mehr Tribut zu zollen. Die Gottesfurcht, nicht zu verwechseln mit Angst, führt zur freiwilligen, geisterfüllten biblischen Nachfolge und beschenkt den Glaubenden mit innerem Frieden und Liebe zu Gott und dem Nächsten, jedoch ohne Freibrief für Leid oder Krankheit. Gott ist nun mal nicht der Wundertütengott, für den ihn viele bei Bedarf halten. Das er Wunder tun kann, ist für mich, der das konkret erlebte, unbestritten. Die Erfahrung lehrt aber: Der Mensch erbittet das Gute. Gott schenkt ihm das Bessere. Also bleibt nur bedingungsloses Vertrauen. Papst Johannes Paul dem XXIII. wird folgende Geschichte zugeschrieben. Nach seiner Wahl habe er sich ruhelos im Bett gewälzt und Gott gefragt: „Wie soll ich diese große Verantwortung für die Milliarden von katholischen Christen nur tragen?" Da habe er innerlich eine Stimme gehört, die sagte: „Johannes, Johannes, nimm dich nicht so wichtig." Danach sei er friedlich eingeschlafen. Ob diese Geschichte stimmt oder nicht, sei dahingestellt, doch sie ist exemplarisch. Solange wir uns als einzelne

Menschen für den Nabel der Christenheit und der Erkenntnis halten, wird der Leib Christi, die Gesamtheit, nicht wachsen. Wir Christen haben keine Antworten auf alle Fragen, doch Gott schenkt jedem Fragenden, das, was er wissen sollte und unser kleines begrenztes Menschendenken erfassen kann. Das bedeutet nicht, dass wir unsere Gehirne an der Garderobe der Gemeinderäume abgeben müssen, sondern weiterhin verpflichtet sind selber zu denken, um vom Heiligen Geist auf den richtigen Weg geführt zu werden. Es ist tröstend, die Hand des Herrn zu spüren, die den Fall aus jeder Höhe abfängt. Es ist großartig, dass Jesus uns zusagt, dass wir uns nicht darum grämen müssen, wenn uns Ungerechtigkeit angetan wurde, sondern dass er uns seine Gerechtigkeit angedeihen lässt. Es ist unbegreiflich, dass wir mit unseren unmenschlichen Gedanken und bösen Taten zu ihm kommen dürfen, um seine Vergebung in Anspruch zu nehmen. Wie innovativ und der Welt heilbringend wäre es des Weiteren, wenn wir Christen uns nicht in endlosen Diskussionen erbsenzählend über menschengemachte Rituale, Gottesdienstformen, Endzeitmutmaßungen, kurz tausenderlei Nebenkriegsschauplätzen gegenseitig die Kraft zur Mission nehmen würden und statt der rechthaberischen Grabenkämpfe diese Gräben zu fließenden Kanälen für lebendiges Wasser Christi machten. Ca. 15000 sich auf das Christentum berufende Denominationen gibt es weltweit. In diesen Gruppierungen gibt es dann noch einmal so viele Auslegungen, wie es Menschen in ihnen gibt. Endzeitpropheten haben und hatten zu allen Zeiten Konjunktur doch echte Erntearbeiter fehlen. Maßen wir uns nicht an, den Mitmenschen vorzuschreiben, was sie zu glauben haben, denn diese Entscheidung muss jeder einzelne für sich selbst treffen. Ein mit dem Heiligen Geist erfüllter Christ kann nur sein Vorbild anbieten und im besten Fall ein Zeugnis sein für etwas, was dann von den Mitmenschen als unbedingt erstrebenswert erachtet wird. Nicht mehr und nicht weniger. Mir erscheint es nicht sehr plausibel oder glaubwürdig, dass Jesus am Tag des Jüngsten Gerichtes sein Urteil ausrichten wird nach gregorianisch lobpreisenden Mönchen, Gospelsongs vortragenden Chören, oder gitarrenlastig rockenden

Worship-Bands, nach Kleidungsstil oder Haarmode, nach all den spaltenden Äußerlichkeiten, die verhindern, mit einer Stimme zu sprechen. Gottes Augenmerk wird wohl auf unsere authentische Nachfolge mit allen menschlichen Schwächen gerichtet sein, die Jesus für uns ans Kreuz trug. Dürfen wir Christen trotzdem sagen, dass nur unser Glaube der einzig seligmachende sei? In Lukas 19, 39-40 heißt es zum Einzug von Jesus in Jerusalem: Als sie (*Jesus und die Jünger*) schon nahe am Abhang des Ölbergs angekommen waren, begann die große Menge der Nachfolger von Jesus voller Freude mit lauter Stimme Gott zu loben und zu preisen wegen all der gewaltigen Wunderzeichen, die sie gesehen hatten. Sie riefen: „Gepriesen sei der König, der im Namen Gottes des Herrn zu uns kommt! Frieden im Himmel und Ehre in der Höhe!" Da sagten einige von den Pharisäern, die unter der Menschenmenge waren zu Jesus: „Weise deine Schüler in die Schranken!" Jesus erwiderte: **„Ich sage euch, wenn die ihren Mund verschließen, dann werden die Steine schreien!"** Also ja, wir dürfen nicht nur auf Jesus als den einzig wahren Weg ins Paradies hinweisen, wir müssen es. In Liebe den Samen legend, aber Gott das Aufgehen der Saat überlassend. Wir sollen die "Perlen nicht vor die Säue werfen" wie es in der Bibel heißt. Wir sollen aber ein helles Licht durch unser Leben sein. Gottes Liebe zu allen Menschen ist größer als die Wassermenge aller Ozeane zusammen, es gibt kein Maß zu messen dafür. Wem aber schon einmal beim Wischen versehentlich ein Eimer Wasser umgekippt ist, der wird erstaunt gewesen sein, welche große Fläche dieses bisschen Wassers nässte. So können auch wir die Tropfen der Welt sein und Gottes Meer unter den Menschen wachsen lassen. Wir sollen auf die befreiende Botschaft von Jesus hinweisen. Wir sollen uns aber auch dann darauf verlassen, dass Gott den Rest erledigt. Welche liebevolle, hilfreiche gute Schar könnten wir vereinigten Christusnachfolger werden, wenn wir zusammenhielten und unsere Energien nicht in Unwichtigkeiten investierten, sondern bei grundlegenden Fragen die Bibel, das Wort Gottes, weise und betend zurate ziehen würden! Allerdings schimpft auch hier ein Esel die anderen Langohren. Denn in fundamentalen Fragen bieten die Worte von Jesus nach meinem subjektiven Dafürhalten nun mal keinerlei Interpretationsspielraum. Da ich nur ein einfacher Mann bin, dessen Schulbildung acht Jahre Hauptschule in den 60er Jahren, davon zwei Kurzschuljahre, mit eher mäßigem Erfolg umfasst, mag vielleicht der Intellekt fehlen. Somit erhebe ich keinerlei theologische Ansprüche aus allem Geschriebenen. Doch Jesus sagt: Ich bin der **Weg**, die **Wahrheit** und das **Leben.** Der Weg zu Gott führt nach meinen aus der Bibel gewonnenen Erkenntnissen nicht über Vermittler, Reliquien, gute Taten, viele Spenden, Ablasshandlungen und menschgemachte Bibelzusätze, sondern einzig und allein über Jesus. Das Leben ist nur in der Übergabe der menschlichen Existenz an Jesus Christus zu finden. Er sagt: „Ich bin die Auferstehung und das Leben. Wer an mich glaubt, der wird leben, auch wenn er stirbt; und wer da lebt und glaubt an mich, der wird nimmermehr sterben." Aufgabe der Christen kann es nicht sein, Themen in den Fokus zu rücken, die kaum noch zu unterscheiden sind, von denen des täglichen säkularen Medienhypes. Brauchen wir eine Kirche, deren Personal zum Großteil von den Kanzeln Vorträge zu Gendern hält, die mit dazu beiträgt, Wokeness zu pushen, der Klimahysterie zu huldigen, aber in Teilen die in der Bibel bezeugte Jungfrauengeburt, das Vorhandensein einer Hölle und gar die Auferstehung Christi in Frage stellt? Paulus sagt: „Wenn es keine Auferstehung der Toten gibt, ist auch Christus nicht auferweckt worden. Ist aber Christus nicht auferweckt worden, so ist unsere Predigt leer und euer Glaube sinnlos" (1 Kor 15, 13-14). Wer das Wort Gottes in der Bibel als Basis seines Lebens nimmt, der kann doch, um nur ein Beispiel zu nennen, in der Abtreibungsfrage nur klare Kante zeigen. Wie begründet man es, dass das Recht auf den eigenen Bauch erlaubt, ein anderes Menschenwesen in seinem Bauch mit seinem Bauch zu töten? Wenn ein werdender Mensch mit aller seiner Individualität vernichtet wird, wie kann man das anders bezeichnen als Töten? Es gibt kein Wort, dass den Tatbestand sonst beschreiben könnte. Wenn ein Despot sicher in seinem Bunker sitzend, umgeben von katzbuckelnden Untertanen, unschuldige Menschen anderer Länder und eigene, seine perfiden Gedanken ausführende junge Menschen einem erbarmungslosen Krieg opfert, dann ist das Töten. Dafür gibt es keine Rechtfertigung. Wohin aber mit der Ohnmacht des einzelnen kleinen Menschen, der das erkennt? Der Gott der Christen hat bereits vor vielen tausend Jahren die Verheißung gegeben, deren Satz „Schwerter zu Pflugscharen" immer wieder aus dem Zusammenhang gerissen wird, denn was den Menschen ohne Gott nie gelingen wird, hat er denen, die an ihn glauben, zugesichert:

Am Ende der Tage wird es geschehen: Der Berg des Hauses des HERRN steht fest gegründet als höchster der Berge; er überragt alle Hügel. Zu ihm strömen Völker. Viele Nationen gehen und sagen: Auf, wir ziehen hinauf zum Berg des HERRN und zum Haus des Gottes Jakobs. Er unterweise uns in seinen Wegen, auf seinen Pfaden wollen wir gehen. Denn von Zion zieht Weisung aus und das Wort des HERRN von Jerusalem. Er wird Recht schaffen zwischen vielen Völkern und mächtige Nationen zurechtweisen bis in die Ferne. Dann werden sie ihre Schwerter zu Pflugscharen umschmieden und ihre Lanzen zu Winzermessern. Sie erheben nicht mehr das Schwert, Nation gegen Nation, und sie erlernen nicht mehr den Krieg. Und ein jeder sitzt unter seinem Weinstock und unter seinem Feigenbaum und niemand schreckt ihn auf. Ja, der Mund des HERRN der Heerscharen hat gesprochen. Auch wenn alle Völker ihren Weg gehen, ein jedes im Namen seines Gottes, so gehen wir schon jetzt im Namen des HERRN, unseres Gottes, für immer und ewig (Micha 4, 1 -5).

Die Völker rüsten auf! Doch die Menschheit hat die Rechnung ohne Gott gemacht. Jeder dieser ungerechten Despoten steht einst vor Gott. Punkt. Überlassen wir also ihm unsere Ohnmacht, doch werden wir nicht müde unsere Stimme für die zu erheben, die keine Stimme haben. Nicht mit politischen Statements, sondern den Worten Jesu.

Ein Besucher des evangelischen Kirchentages äußerte nämlich vor einigen Jahren überspitzt, dass dort alles zu finden sei außer Jesus. Jeder mag sich selbst dazu ein Bild machen. Es sei betont, dass das meine subjektive Meinung darstellt, auch hier nur einer unter Milliarden Christen. Als kunterbunter Christenhund, der nun auch einen tiefen Blick in evangelikale Strukturen werfen durfte, stelle ich fest, dass auch dort in vielen Gemeinden und Bünden eine um sich greifende, schleichende Entfernung vom Wort Gottes in fundamentalen Fragen stattfindet. Zurück zu den Wurzeln, sprich zum Wort Gottes, das aktuell wie nie zuvor ist, muss wieder die Devise sein. Wer aufgrund dessen dann ein fundamentaler Evangelikaler genannt wird, sollte diese Bezeichnung als Auszeichnung betrachten. In der Gesellschaft mittlerweile als intolerante Simpel bezeichnet, müssen wir genau dort die Stimme von Jesus Christus werden und uns nicht verschämt im eigenen Saft schmorend hinter Kirchen- und Gemeindehausmauern ducken. Gemeinsam die Prioritäten der Botschaft Jesu wieder in den Mittelpunkt rücken. Das würde Hoffnung machen in einer kälter werdenden Welt, denn wenn Gott für uns ist, wer kann dann gegen uns sein (Römer 8-31). Vertrauen wir im Heute und in Zukunft, wie seine Nachfolger früher, auf ihn. Wer Jesus Kreuzigung als Erlösung annimmt, wird an den Kreuzungen des Lebens den richtigen Weg wählen. Für den geschehen auch heute noch Dinge, die der Mensch in seinem beschränkten kleinen Geist nicht einordnen kann, wie bereits vor über 2000 Jahren:

Das Brotwunder. Jesus macht aus Wenigem viel. Für alle. Im Überfluss. Geerntet ohne gewachsen zu sein, gebacken ohne Hitze, gerecht verteilt. Ein Wunder. Gott.

Der Spoken Word Künstlerin „Redeemed", die eine Vielzahl christlicher Videos auf YouTube anbietet, sei das letzte Wort überlassen:
Jesus wurde, was du bist, damit du wirst, was er ist.